Andreas Stichmann

Das große Leuchten

Roman

Rowohlt

1. Auflage September 2012

Der Autor dankt der Robert-Bosch-Stiftung
für die Förderung seiner Arbeit an diesem Buch.
Satz Candida PostScript, InDesign,
bei Pinkuin Satz und Datentechnik, Berlin
Druck und Bindung CPI – Clausen & Bosse, Leck
Printed in Germany
ISBN 978 3 498 06390 0

Der große Helfer

1

Das riesige Feld der Startbahnen. Aus dem Iran-Air-Flieger heraus gesehen. Vor dem Abflug. Vom Fensterplatz, den Robert mir überlässt, obwohl es auch sein erster Flug ist. Die Spielzeugautos, die dort zwischen den Flugzeugen fahren. Die Beschleunigung, diese Urkräfte, die jetzt verbrannt werden: Das Flugzeug rollt. Der berühmte Menschentraum aus Kabeln und Drähten, in dem man sitzt, ohne selber mitgeschraubt zu haben. Und wie die Erde unter uns wegfällt und sich die Landschaft schräg ins Fenster schiebt.

Es ist Wahnsinn, aber genau so muss es sein, es ist das, was Ana auch machen würde: es einfach versuchen, auch wenn es abwegig scheint. Eben noch in der Einöde und jetzt im Himmel, um sie irgendwo da unten zu finden, unter diesen tiefgelben Lichtmassen. Wir haben exakt sechs Tage und fünf Stunden Zeit. Es ist ein Last-Minute-Flug, der Rückflug ist schon mit drin.

Ich blinzle nicht. Ich versuche jetzt, eine Minute nicht zu blinzeln. Es ist eine Beruhigungstechnik, die wahrscheinlich albern aussieht, aber sie funktioniert, die Farben und Formen hinter dem Bullauge verschwimmen – und wenn ich dann wieder zu blinzeln beginne, entsteht das Gefühl, viel deutlicher zu sehen als zuvor. Ein Klarheitseffekt, ein ruhiger Blick, den ich hier entwickle. Mit Anas Kapuzenpullover im Schoß, der immer noch ein bisschen nach ihr riecht.

Robert schickt mir sein dünnes Lächeln – diesen Blick, der auf etwas hinweisen soll, das sich zwischen den Worten befindet, auch wenn sich da gar nichts befindet, weil wir nicht reden. Er drückt mit demonstrativer Gelassenheit auf dem Bildschirm im Rücken des Vordersitzes herum, staunt über den Entertainment-Arm, der in die Lehne eingefaltet ist wie ein elektronisches Küken. Schlägt sich in die Wolldecke ein, zieht seine Sandalen aus, justiert sich im Sitz. Als wollte er mir seine Lockerheit und Reisefähigkeit beweisen. Dabei ist es offensichtlich, dass er nervös ist – wie er sich am Hals kratzt, der schon ganz gerötet ist von seinen Allergien, wie er an den Knöpfen seines durchgeschwitzten Leinenhemdes rumfummelt. Nebenbei erwähnt er, dass er seine Medikamente nicht im Handgepäck hat, obwohl er sie jetzt nehmen müsste. Ich sage, dass ich über so was jetzt nicht nachdenken kann, er soll sich auf unsere Aufgabe konzentrieren in den nächsten sechs Tagen, schließlich ist er mitgekommen, um zu helfen.

Daraufhin sagt er nichts mehr. Sitzt da und guckt, als säße er immer noch in der Einöde. Im Kräutergarten seiner Mutter oder auf seinem Korbstuhl vor dem Haus. Er scheint innerlich gegen den Gedanken anzukämpfen, dass er sich gerade zum ersten Mal von zu Hause entfernt – und zwar fliegenderweise und mit 700 Stundenkilometern.

Sein Finger findet den Knopf, und der Sitz kippt nach hinten, aber von hinten wird dagegengearbeitet, sodass er wieder nach vorne ruckt – und dann packt er umständlich seine Reiselektüre auf den Tisch, mehrere

Bücher über persische Mystik. Um sie nach einer Weile genauso umständlich wieder wegzupacken und stattdessen mit den Iran-Air-Socken und der Duty-free-Broschüre herumzuhantieren, als wäre er darauf aus, mich anzustecken mit seiner Fickrigkeit.

Aber ich sitze hier ruhig, drehe den Blick zum Fenster. Ich sitze hier mit einem ruhigen Gehirn.

Vor mir auf dem Tischchen: mein Brustbeutel. Darin die Adresse und die Telefonnummer von Abolfazl Merizadi, die ich in Anas zurückgelassenen Klamotten gefunden habe. Er will schon mal versuchen, Kontakt zu Anas Mutter herzustellen, hat er am Telefon gesagt, oder zumindest Kontakt zu Kontaktmännern, schließlich ist Anas Mutter Kommunistin, bewegt sich im Untergrund und hat keine Adresse. Wir sollten einfach erst mal kommen, Ana habe sich zwar noch nicht gemeldet, er kenne sie ja gar nicht richtig, aber wir würden sie schon ausfindig machen. Seine Familie sei um mehrere Ecken mit ihrer bekannt.

In diesem überraschend guten Englisch. Sehr klar und sehr nett.

Draußen: glasklare Stadtlandschaften, unsagbar tief unter den Wolken. Ein im aufgeschlagenen Stein funkelnder Erdschatz. Lichtteppiche, die sich im Gebirge verlieren, die sich durch Täler und mittels Brücken über Flüsse ziehen. Ich sage mir, dass es eine beseelte, bedeutsame Erdoberfläche ist, die da unten schimmert. Eine, auf der man Spuren lesen und Wege finden kann, auf der man vielleicht mal fehlgeht, aber nur, um wieder zurückzukommen und die richtige Route zu nehmen. Und dass es Ana eines Tages so sehen wird, dass wir von irgendwoher auf diese Sache zurücksehen werden – und dass sie dann sagt: Du hast es tatsächlich gemacht. Du hast mich da rausgeholt, du hast mich gerettet.

Auf den Monitoren läuft ein Actionfilm. Robert liest.

2

Teheran, Imam-Khomeini-Airport. Die Luft ist ein versmogt kochender Farbbrei, der Schweiß läuft mir in die Augen. Vor dem Haupteingang streunen Hunde herum, über den Souvenir-Läden blinken krabbelnde Leuchtschriftzüge, laute Rhythmen scheppern aus einem Taxi weiter hinten. Ein paar Fahrer sitzen auf den Leitplanken und grillen, während andere am Eingang wütend nach Kunden schreien. Ein großer Mensch mit einer hellgrünen Uniform, einer Sonnenbrille und einem Maschinengewehr steht plötzlich bei uns, scheint etwas zu suchen und verschwindet wieder hinter den Taxis.

Robert ist schon vorgegangen und sieht sich etwas zu auffällig um, ragt als dünne weiße Stange heraus, während neben ihm ein junger breiter Mensch steht und ganz aufgeregt eine Pappe mit unseren Namen hochhält. Er lässt sie immer wieder sinken, als wäre ihm nicht ganz wohl dabei, die Aufmerksamkeit auf sich zu lenken, sieht mehrmals auf die Uhr. Wahrscheinlich unterscheiden wir uns für ihn kaum von den anderen Fluggästen, die jetzt mit Rollkoffern und durchgesessenen Gesichtern aus der Drehtür kommen.

Er trägt einen zu großen Fleecepullover mit der Aufschrift *Hard&Heavy*, wirkt allerdings auffällig gutmütig und weich.

«Abulfazl Merizadi?», frage ich.

«SEID IHR DAS?», ruft Abolfazl Merizadi.

Seine Stimme ist viel dunkler und kräftiger als am Telefon. Er drückt uns nacheinander, als würden wir uns ewig kennen. Ich löse mich etwas beschämt vom fremden Holzgeruch seines Pullovers.

«Nennt mich Abu! Ich freu mich schon die ganze Zeit, dass ihr kommt!»

Wir brettern in seinem abgewrackten Auto durch die Wüstenlandschaft: Ausgetrocknete Flüsse fliegen vorbei, flache Ruinen. Am Straßenrand sind ab und zu Leute mit Schubkarren zu sehen, dazwischen Kinder mit Plastiksäcken auf dem Rücken. Abu rät mir, mich nicht gegen die Hintertür zu lehnen, weil ich sonst auf die Straße falle, ich sitze also lieber ganz steif. In der Ferne taucht eine riesige Steinfaust auf, anscheinend ein politisches Denkmal, das sich aber verwandelt, als wir näher kommen: Es ist nur eine Handywerbung. Eine riesige Steinfaust streckt ein riesiges Steinhandy in den Himmel. Und im nächsten Moment ist sie schon wieder verschwunden, wir drehen um und schießen mit neuer Wucht drauflos, alles ist braun und verschwommen in der Abenddämmerung, nur die Lichter der Autos strahlen hell. Abu lacht mich im Rückspiegel an. Mir fällt auf, dass er viele kleine Falten um die Augen hat, obwohl er erst um die zwanzig sein kann.

Es sei schon ungewöhnlich, dass sich meine Freundin drei Wochen nicht melde, sagt er, auch wenn das nicht zwangsläufig heißen müsse, dass sie Probleme mit der Polizei bekommen habe. Schließlich würden westliche Touristen nicht einfach so verhaftet werden, bei aller Willkür.

«Oder ist sie auch Kommunistin?»

«Eigentlich nicht, sie sucht nur ihre Mutter.»

«Ich hab ein paar Fotos, auf denen Anas Mutter mit meiner Mutter zu sehen ist! Die zeig ich euch gleich! Aber kommt erst mal an. Ich bin so froh, dass ihr da seid!»

Zwei Hügel schieben sich auseinander, und Teheran schält sich aus dem Nebel. Schleimig gelb und flach und laut. Die Ampeln blinken orange, als wollten sie den Verkehr anfeuern. Wir überholen eine Familie auf einem Moped und einen Pkw ohne Türen, und an der nächsten Kreuzung springt plötzlich ein schreiender Mann aus einem Wagen und verfolgt zwei Kinder, die mit einer Eisenstange zwischen den Autos verschwinden – das Dauerhupen schwillt nur unwesentlich an. Abu lenkt mit einer Hand und mustert mich im Rückspiegel, während er Gas gibt, scharf im Kreis, dann an einem Palast vorbei, eine dunklere Straße hinauf, zwischen Werkstätten und Wiesen mit vereinzelt grasenden Schafen. Als ich aus dem Rückfenster sehe, entdecke ich wieder den Soldaten vom Flughafen, den Typen mit der hellgrünen Uniform und der Sonnenbrille, wie in einem billigen Film. Er sitzt dicht hinter dem Lenkrad, ein grüner Pkw – und dann nimmt er seine Sonnenbrille ab, weicht meinem Blick überhaupt nicht aus.

Abu sagt, das sei schon okay, es könne sehr gut sein, dass sich ein Beobachter an uns hefte – wir sollten uns einfach wie normale Touristen verhalten, dann würde er nach einer Weile wieder verschwinden.

«Hat nichts mit euch persönlich zu tun!»

Dann bremst er, springt raus und legt Steinplatten hinter die Reifen, weil der Wagen sonst rückwärts die Straße runterrollen würde. Der grüne Pkw fährt langsam vorbei. Vor uns befindet sich eine Reihe von etwa fünfzig exakt gleichen, lehmfarbenen Vierecken. Alle mit einer blauen Holztür und einem kleinen blauen Fenster.

3

Wir sitzen auf einem großen, weinroten Teppich. Im einzigen Raum des Hauses. Umgeben von rissigen Lehmwänden und kitschigen kleinen Gemälden, auf denen Löwen und Adler zu sehen sind. In einer Ecke ist eine Kochnische durch eine Lehmmauer abgetrennt, mit Plastikblumen und Papiergirlanden verziert, dahinter dampfen Töpfe: Abu und seine Mutter haben direkt mit dem Kochen angefangen. Es gibt einen riesigen Flachbildfernseher, über dem ein Foto von Abus Bruder in Militäruniform hängt. Im Garten ein Plumpsklo, auf das ich eigentlich muss. Aber ich traue mich nicht, es kommt mir jetzt vor, als wären wir irgendwie unbefugt hier eingedrungen, als hätten wir jemanden nicht gefragt, den wir hätten fragen müssen. Zum Beispiel Abus Vater. Der sich schweigend Nüsse in den Schnurrbart steckt.

Er sitzt uns im Schneidersitz gegenüber, heftet seine schwarzen Augen auf uns und schweigt einfach vor sich hin. Nur sein Schnurrbart bewegt sich ab und zu. Ich bin vollkommen durchgeschwitzt, obwohl ich nur ein Unterhemd und eine von den luftigen bunten Haushosen trage, die Abu uns gegeben hat. Und der Vater sitzt drahtig und fremd da, guckt abwechselnd mich und seine nackten Füße an.

Ich sage: «Hallo?»

Keine Antwort von ihm.

Robert steht auf und geht zur Küchennische rüber, um Abu und seiner Mutter zu helfen, aber das ist offenbar unangebracht, die Mutter schiebt ihn lachend zurück. Sie ist in etwa so groß wie Abu, nur etwas dicker und runder, ein fröhlicher Vogel mit ihrem rosa Kopftuch und den langen Spülhandschuhen. Allerdings so übertrieben freundlich, dass es mich misstrauisch macht – als wäre es etwas Großartiges, dass hier zwei junge Deutsche sitzen, die Hilfe brauchen.

Kleine Lacher kleckern aus der Küchennische, während Robert sich wieder hinsetzt. Er guckt den Vater an, und dann guckt er dessen Füße an, und als ich ihn ansehe, nippt er an seinem Teeglas und schiebt mir das Kandiszuckerdöschen hin. Er gibt sich offensichtlich immer noch Mühe, locker auszusehen, aber die Anspannung sitzt ihm im Gesicht, und seine Allergie ist stärker geworden, diese weißen Pusteln an seinem Hals. Ich erinnere ihn besser nicht daran, was Ana uns damals gesagt hat, auf den Feldern vor dem Haus: dass man in Teheran tatsächlich jedem misstrauen müsse, dass es überall Spitzel gebe. Schließlich ist er jemand, der auch dann Spitzel wahrnimmt und panisch wird, wenn es gar keine gibt. Zumindest war das früher so, als er seine Medikamente noch nicht hatte.

«Schön hier», sagt er jetzt.

Die Augen des Vaters sind leer.

Also gut. Ich hole die Gastgeschenke aus der Plastiktüte: den Kühlschrankmagneten in Form einer Deutschlandkarte, das Deutschlandtrikot, das Deutschland-Quartett, das kölnisch Wasser, den Deutschland-Bildband, den ich dem Vater hinschiebe. Und der Vater wird tatsächlich etwas beweglicher, seine Augenbrauen wandern nach oben, während er das Buch durchblättert: Schloss Neuschwanstein, die Lüneburger Heide, Burg Hohenzollern, die Mecklenburgische Seenplatte. Außerdem allerhand Würste und Wälder, eine dicke Frau vor einem Fachwerkhäuschen. Er legt den Finger auf die Frau und sieht uns an – und mir wird schlagartig klar, dass er schüchtern ist. Der Vater ist unsicher, das ist es anscheinend. Einfach ein zurückhaltender Mensch.

«Mutter?», sagt er.

Wir schütteln die Köpfe. Offenbar meint er, dass die Frau aus dem Buch unsere Mutter sein könnte. Abu kommt aus der Küchennische und wechselt ein paar schnelle, kratzige Worte mit ihm.

«Mein Vater will erst mal eure Mutter kennenlernen, bevor wir alles andere besprechen!»

«Wie das?», sagt Robert.

«Na, mit Skype!»

Er geht zum riesigen Bildschirm und friemelt daran herum. Er stöpselt Kabel um, richtet eine kleine Kamera aus und loggt sich ins Internet ein, während der Vater das Foto des Bruders auf dem Teppich aufstellt. Offenbar soll die ganze Familie versammelt werden. Die Mutter kommt auch schon rüber.

Wir brauchen eine ganze Weile, um zu erklären, dass meine Mutter tot ist und dass sich meine Adoptivmutter beziehungsweise Roberts Mutter mit so was nicht auskennt. Abu will gar nicht glauben, dass wir keine echten Brüder sind, er sagt, wir würden uns so ähnlich sehen. Und es würde ihn wirklich freuen, jetzt *unsere* Mutter kennenzulernen.

«Wir sind keine Brüder, und wir haben einfach kein Skype», sagt Robert. «Ich kann euch höchstens ein Foto von meiner Mutter zeigen.»

Er holt es raus – ich kenne es, er hat es immer in seiner Gürteltasche: Frances auf dem Korbstuhl vor ihrem Hippiehaus. Ein bisschen wie eine Postkarte: links ein Heuballen, rechts ein blühender Busch, in der Mitte Frances mit ihren Leinenklamotten – noch etwas jünger und nicht gut zu erkennen, deshalb wirkt sie einigermaßen freundlich. Und er holt noch ein Foto raus: wir beide als Kinder auf den Rapsfeldern vor der Scheune, mit ernsten Gesichtern im gelben Leuchten.

Abus Eltern betrachten die Fotos eine Weile, nicken und sagen, ja, dieses Haus und auch Roberts Mutter seien sehr hübsch, jetzt würden sie aber lieber skypen wollen. Sie sehen es einfach nicht ein: Deutsche ohne Skype. Irgendjemand aus der Familie müsse doch Skype haben, einer von unseren Cousins oder Neffen oder Onkeln.

«Es gibt nur uns und meine Mutter», sagt Robert.

Ein ungutes Schweigen entsteht.

Abu wirkt fast beleidigt, während er die Kabel wieder ausstöpselt.

Erst nach und nach kehrt seine Freundlichkeit zurück. Er sagt, es sei natürlich in Ordnung, er könne verstehen, wenn es uns noch zu früh sei für so was, vielleicht könnten wir es ja morgen oder übermorgen mit dem Skypen versuchen.

Tee. Tee beim Essen und nach dem Essen wieder Tee. Vor uns auf den Tellern glänzen Knochenreste in der stehenden Hitze, wir haben jeder ein Huhn mit Soße und Reis im Bauch. Viel zu viel, weil uns Mutter Merizadi immer nachgeladen hat, aber sie scheint davon überhaupt nicht müde geworden zu sein, sie plaudert fröhlich auf Persisch vor sich hin, als gäbe es nur diese eine Sprache auf der Welt.

Abu übersetzt, dass sie sich *selbstverständlich* noch an Anas Mutter erinnern könne, dass Anas Mutter das wildeste Mädchen in der Nachbarschaft gewesen sei und immer mit den Jungs Fußball gespielt habe, damals am Kaspischen Meer. Der Kontakt sei allerdings vor knapp zwanzig Jahren abgebrochen – seit Anas Vater damals mit Ana nach Deutschland geflohen sei.

«Das letzte Mal hat meine Mutter sie hier in Teheran

gesehen, auf dem Basar», sagt Abu. «Da sollte man morgen anfangen zu suchen! Es gibt auch ein Foto von einem Baby, das Ana sein könnte. Und zwar aus dem Tuchladen meines Chefs. Gar nicht weit von hier.»

Abus Mutter nickt, setzt sich sehr gelenkig in den Schneidersitz und holt allerhand Fotos aus einer Schachtel, auf denen sie mit Anas Mutter zu sehen ist: als junge hübsche Mädchen vor einem Pferd; mit einer ganzen Gruppe von Mädchen auf einer Picknickdecke.

Abu gibt mir das Babyfoto: ein fröhliches Gesicht, das aus einem Haufen bunt schimmernder Tücher guckt. Schwer zu sagen, ob es wirklich Ana ist. Aber er sagt, sein Chef sei so oder so unser Mann – er habe Einfluss, Verbindungen und kenne sich aus. Nassir heiße er, aber wir sollten ihn besser mit *Nassir Chan* ansprechen. Das bedeute in etwa: der große Helfer.

4

Morsezeichen über der Stadt. Verrat mir, was passiert ist. Lenk meine Schritte in deine Richtung.

Vom Flachdach der Merizadis aus über die Straßen blickend.

Aber da sind natürlich keine Morsezeichen, zumindest keine mit Sinn, stattdessen: das Mosaik der nächtlichen Gärten, die vielen bunten Glühbirnen und funkelnden Lichter, ein künstlicher Tag über dem gesamten Viertel.

Auf dem Rand des Flachdachs spaziert ein Fasan wie in Trance, hüpft und läuft auf einer Lehmmauer weiter.

Die Innenhöfe bilden ein lehmbraunes Schachbrett voller Satellitenschüsseln und Wäscheleinen. Vereinzelte Kinder, die ebenfalls auf den Mauern balancieren, die dem Fasan in einer Kolonne folgen und ihn mit Haarspray vollsprühen, wenn ich das richtig erkenne.

Kein Mond.

Stattdessen Anas Stimme in meinem Kopf.

Stell dir mal vor, man könnte immer nur die ORGANE von einem sehen, dass jeder Mensch zum Beispiel nur als DARM durch die Gegend gehen würde. Wär doch komisch! Dass einfach eine Kette von Därmen in der Luft über dem Bürgersteig schwebt. Meinst du, du würdest mich mögen, wenn ich nur noch ein sprechender DARM wäre, wenn der Rest von meinem Körper sich auflösen würde?

Ich weiß nicht, warum ich ausgerechnet daran denke. Ich sehe eine Kette von kleinen Därmen auf der Mauer langschweben – der Reihe nach dem Fasanendarm hinterher.

Wusstest du, dass es im Iran Polizisten gibt, die MÄDCHENDAUMEN sammeln? Also, wenn ich eines Tages zu meiner Mutter fliege, werde ich mir auf jeden Fall einen Stromschocker oder so was kaufen. Oder du beschützt mich, aber dann musst du erst noch ins FITNESSSTUDIO gehen. Oder meinst du, du kannst es mit daumensammelnden Polizisten aufnehmen? Wohl kaum!

Sie hat es einfach so dahingeredet. Wahrscheinlich ohne Gefühl dafür, wie gefährlich oder ungefährlich es ist, wie ihre Mutter hier überhaupt lebt.

Auf der anderen Seite des Daches steht Robert und lächelt mir zu, einen dünnen Wasserschlauch in der Hand. Er ist in Badehosen und führt seine Waschung durch, dieses meditative Ritual, bei dem ich ihm als Kind immer gern zugesehen habe. Er duscht nie, ich weiß nicht, warum: Er wäscht jeden Körperteil einzeln, als wollte er eine Inventur seines Körpers aufnehmen. Es beruhigt ihn wahrscheinlich, das zu tun. Seift sich da ganz konzentriert das rechte Bein ein und spült es ab, dann das andere Bein, den Bauch, die Arme. Sein Körper ist sehr filigran, als hätte sich ein Bildhauer reingesteigert, bis die Skulptur noch feiner geworden ist, als ein Körper es eigentlich sein kann. Als er fertig ist, trocknet er sich gründlich ab und zieht sich an, sieht einen Moment nach oben, als suchte er seinen Heimatplaneten. Dann nickt er mir sanft zu und steigt wieder nach unten.

Ganz selbstverständlich. Unter diesem Teheraner Himmel.

Den es allerdings gar nicht gibt, weil er sich ja nur in Anas Kopf befindet – zumindest hat sie sich mal eine Zeitlang in diesen Gedanken reingesteigert, nachdem sie irgendein Reclam-Heft gelesen hatte.

Wusstest du nicht, dass das die einzige vollkommen WASSERDICHTE Philosophie ist, die es gibt? Ist doch klar, dass sich alles immer nur in MIR befindet. Ich bin SOLIPSISTIN, es hat noch nie jemand ein Argument dagegen gefunden. Weil es STIMMT. Du läufst immer durch dein eigenes Gehirn, beziehungsweise durch meins, weil es dich ansonsten gar nicht GIBT.

Aber wo bist du dann jetzt, denke ich. Wie kannst du dann so abwesend sein im eigenen Hirn.

Neben mir befindet sich ein kleiner Holzverschlag. Darin zwei Pappkartons mit weiteren Fotos. Abu hat gesagt, sein Vater habe früher Fotograf werden wollen und alles und jeden fotografiert. Ich solle mal sehen, ob ich da noch was finde.

Es sind Unmengen, meine Arme verschwinden bis zu den Ellenbogen darin. Ein langsam vergärendes Archiv. Ich versuche, systematisch vorzugehen, irgendwelche Zusammenhänge zu erkennen, Einzelpersonen sind kaum zu sehen, das fällt auf, meistens drängen sich ganze Mannschaften ins Bild: Tanten, Onkel, Neffen und Cousinen. Ich finde etwa zwanzigmal das gleiche Hochzeitsfoto von Abus Eltern: Sie stehen nebeneinander und lächeln extrem verkniffen, eine starre Pose, vielleicht das Startbild einer arrangierten Ehe, jedenfalls sieht es so aus. Aber was ich suche, sind Gesichter, die neben Ana oder ihren Eltern zu sehen sind – weitere Menschen, die Abu erkennt und die man befragen könnte.

Ich sehe: Mutter Merizadi mit Abu im Arm. Diesmal schon zufriedener lächelnd. Eine Gruppe von etwa dreißig Frauen mit schreiend bunten Kopftüchern auf einer Wiese. Ein verschwommenes Puzzle, etliche Jahrzehnte Familie. Zwischendurch ein halber Fuß in Großaufnahme.

Von der Straße kommen Stimmen, ich gehe aus dem Verschlag und sehe nach: Großfamilien, schon wieder, Menschen ohne Ende. Grillende Grüppchen, ein paar Tee- und Fruchtsaftstände, eine Festivalatmosphäre in der ersten kühlen Luft nach der Hitze des Tages. Die Straße scheint aus ineinander übergehenden Sippen zu bestehen, alle rufen hin und her, ein einschläfernder Stimmteppich liegt in der Luft.

Aber warum hörst du das jetzt nicht, denke ich, warum sind wir beide nicht auch da unten. Als junges Ehepaar vielleicht, als Teil dieser Sippen. Warum stehe ich hier alleine mit diesem Klang im Kopf, wenn doch alles in deinem Kopf ist.

«Liebst du sie?», fragt später eine Stimme im Dunkeln.

Wir liegen auf dünnen Matratzen, die ganze Familie im selben Raum. Die Mutter schnarcht, der Vater liegt still daneben, Robert in der Ecke pfeift leise durch die Nase. Nur Abu ist wieder wach geworden, und ich bin sowieso noch wach, zumindest mit einer Hälfte meines Gehirns. Es ist kühler geworden, weit entfernt rauscht der Verkehr, ab und zu leuchtet der gelbe Blümchenvorhang vor dem Fenster im Licht eines vorbeifahrenden Autos.

«Liebst du sie wirklich?», flüstert Abu. «Hast du in Deutschland schon viele geliebt?»

«Wie meinst du das?»

«Na, ich habe gehört, dass man in Deutschland viele lieben kann und viel Spaß hat, weil man sich einfach trennt, wenn man keinen mehr hat. Also, dass man dann wieder neue Beziehungen hat, sooft man will. Ist doch so, oder nicht?»

«Ich weiß nicht.»

«Seid ihr verlobt? Hast du sie geküsst? Also, ich hab erst einmal eine Frau geküsst. Ich war bei ihr zu Besuch, und wir haben Federball gespielt, und dann haben wir beide nach dem Federball gegriffen, und da hab ich sie einfach geküsst. Und am nächsten Tag habe ich meine Mutter hingeschickt, und ihr Vater hat gesagt, dass ich erst zum Militär muss, bevor ich sie heiraten kann, und ich hab zwei Jahre lang meinen Militärdienst gemacht. Aber was ist, als ich wiederkomme? Da war sie schon verheiratet. *Love is a losing game*, sage ich immer.»

«Was?»

«Kennst du nicht dieses Lied von Amy Winehouse? Jetzt hab ich auf jeden Fall genug von Iranerinnen, jetzt will ich eine Kanadierin oder eine Engländerin oder von mir aus eine Neuseeländerin. Ich will auswandern und neuseeländische Kinder kriegen, oder deutsche. Kennst du Kanadierinnen? Was meinst du, in welchem Land man am meisten Spaß haben kann?»

Er sieht mich an. Es ist dunkel, aber ich spüre, dass er mich ansieht.

«Amy Winehouse war die Lieblingssängerin von meiner zweiten Liebe, der hab ich sogar an die Titten gefasst. Aber die ist jetzt auch schon verheiratet. Wie will man da glücklich werden?»

«Titten?»

«Was?»

«Jedenfalls kenne ich das Lied.»

Und ich will ihn gerade fragen, ob es tatsächlich denkbar ist, dass er nach Neuseeland auswandert, aber ich komme nicht dazu, denn er fängt plötzlich an, mir seine Kissen rüberzureichen.

«Du liegst zu hart!»

Im nächsten Moment ist seine Mutter wach und reicht mir auch ein Kissen.

«Ich liege gut», sage ich.

«Du liegst *nicht* gut?», sagt Abu.

Und plötzlich kommen noch zwei Kissen und noch eine Decke, und Abu steht auf und besteht darauf, dass wir die Matratzen tauschen.

«Meine ist viel weicher! Meine ist wirklich zu weich für mich. Ich kriege Rückenschmerzen davon!»

Und Robert wacht auf und gibt mir ein Kissen, und Abus Mutter reicht mir noch eine Decke rüber, sodass ich am Ende mit drei Decken und acht Kissen daliege.

«Wir werden sie finden», sagt Abu zu mir.

5

Wir tauchen in den dunklen Teil des Basars. Am nächsten Tag. In den schwülen Fischgeruch der Tunnelstadt. Ich habe Abu und Robert geweckt, nachdem ich im Morgengrauen eine Stunde die Straße abgegangen bin; ich habe mir an einem kleinen Stand einen Stadtplan gekauft, was allerdings überhaupt nichts bringt, weil er eher nach einer Kinderskizze aussieht als nach einem wirklichen Plan. Abu sagt, es gebe in Teheran zu viele Straßen, als dass je ein Mensch einen exakten Plan davon zeichnen könnte, zumal die Straßen andauernd verschwinden oder neu entstehen. Diese Skizze sei allenfalls das Skelett eines *Krüppels* – das hätte sein Chef aus dem Tuchladen mal gesagt: dass Teheran wie ein riesiger Krüppel sei. Ein verrückter Krüppel! Und sein Chef habe eben einen Überblick über die Dinge.

Ultra City steht mit Kreide auf einem Schild vor einem Friseursalon – und dahinter geht es steil abwärts in die feuchten Tunnel, vorbei an Höhlen, in denen kleine Männer neben Bergen von Gummischläuchen sitzen, neben Bergen von Schuhen und Schrauben und Töpfen. Rechts hängen gebogene Dolche an der Wand, links geht es in ein ersticktes Zwitschern: Bunte Vögel sitzen in verschnörkelten Käfigen, teilweise halb tot. Immer wenn ich einen Tuchladen entdecke, biegt Abu gerade in einen anderen Gang, und da gibt es dann ebenfalls Tücher, außerdem Blüten, getrocknete Eidechsen, Seifen und Kerzen.

Durch einen Torbogen mit abbröckelnden Blumenornamenten erreichen wir einen Brunnen, an dem sich dürre, ältere Männer waschen, und Robert bleibt sofort stehen, weil sich diese Männer genauso gewissenhaft waschen wie er. Er steht da und guckt, als hätte er gerade seine Artgenossen entdeckt.

«Da hab ich von gelesen!», sagt er. «Das sind die Waschungen vor dem Gebet! Wudhu.»

Ich muss ihn am Hemd weiterziehen, damit er nicht zu ihnen geht und sich mit ihnen wäscht. Abu steht schon vor dem Laden seines Chefs, zwischen zwei steinernen Löwengesichtern. Über dem Eingang blinkt in knisternden Buchstaben die Leuchtschrift *Irrational*. Zumindest lese ich das, es heißt *Iran National*.

Ich sehe unendlich viele Stoffe. Goldene und grüne und fluoreszierende, in Rollen und Stapeln. Ich sehe eine ganze Wand voller Graunuancen, Taube und Hecht und Eisen, außerdem Safran und Ocker und alle Brauntöne der Welt; Truhen voll Troddeln und Pailletten. Dazwischen mehrere goldumrandete Spiegel, die alles noch vergrößern. Dasselbe Chaos, in dem das Baby auf dem Foto zu sehen ist. Mittendrin sitzt der Chef auf seinem Ledersessel, in einem schwarzen Anzug, die Hände auf dem Bauch gefaltet – erwartet uns anscheinend schon mit diesen ruhigen schwarzen Augen unter den struppigen Brauen. Vor ihm liegen mehrere Handys auf dem Tisch, in seinem Gesicht sitzt ein süffisantes Lächeln, als wir näher treten. Abu hat gesagt, er spreche fließend Französisch, Türkisch und Russisch. Und Englisch natürlich.

«Setzen», sagt Nassir Chan.

Wir nehmen auf Sitzkissen zwischen den großen Spiegeln Platz und bekommen von seinem Diener Duk serviert, eine Art salzige Milch, die ich in kleinen Schlucken runterzwinge, während der Diener wieder seinen Platz zwischen den Regalen einnimmt. Er verschwindet fast in der Wand. Und Nassir Chan mustert uns von oben, aus seinem Chefsessel heraus, verlangt mit einer kurzen Handbewegung das Foto von Anas Mutter, das Abu ihm reicht. Ich soll erklären, was ich von ihr weiß: dass sie Simin heißt und eine ziemlich selbstbewusste und hübsche Frau ist, Assistentin irgendeines verfolgten Regisseurs, Kommunistin und im Widerstand.

Ich sage: «Wo sucht man sie am besten?»

«Aha!»

Er greift zu seinem Duk und saugt es durch den Mundwinkel rein, langsam nickend, als wäre jetzt etwas erkannt worden. Hinter ihm an der Wand hängen Postkarten und Fotos: Nassir Chan mit zwei jungen

Frauen vor dem Eiffelturm, Nassir Chan mit Safarihut vor Pyramiden, ziemlich weltmännisch. Wobei sein Gesicht wirkt, als würde er eine dieser Spaßbrillen mit Nase und Riesenaugenbrauen tragen, es bleibt unklar, ob dieser Ausdruck in seinen Augen selbstironisch sein soll – oder eben grade nicht. Ein Hauch Rasierwasser geht von ihm aus und flößt Vertrauen ein, und dann kommt der feuchte Blick hinterher und nimmt es wieder.

Robert nestelt an seiner Gürteltasche rum, auf der Suche nach einem von diesen Deutschlandkühlschrankmagneten, den er aber nicht findet. Was wahrscheinlich besser ist.

Nassir Chan steckt das Foto von Anas Mutter in die Tasche seines Jacketts.

Ich versuche es noch mal: «Sie kennen Anas Mutter?»

Die Antwort kommt wieder: «Aha!»

Dann legt er den Kopf in den Nacken und bringt ein tonloses Lachen, verharrt in dieser Position, nur sein Adamsapfel bewegt sich.

Ich hätte die Eleganz eines Bauernkindes.

Ich sage: «Wie bitte?»

«Du siehst ein wenig aus wie ein Bauernkind, junger Freund!»

Und er lacht weiter auf diese tonlose Art, schüttelt amüsiert den Kopf und sagt etwas auf Persisch. Abu übersetzt, sein Chef meine, dass ich wie ein zu kurz geratenes Bauernkind aussähe, weil ich dieses karierte Hemd trage und alte Jeans, was er aber durchaus schick und elegant finde – wenn man eben wie ein Bauernkind aussehen wolle.

«Machen Sie Witze?»

«Keine Witze», sagt Abu. «Er kennt sich aus mit Mode.»

Ich sage, dass ich jedenfalls kein Bauernkind bin, und versuche, Nassir Chans Blick standzuhalten, ihm zu vermitteln, dass er mich ernst nehmen soll. Sitze hier relativ selbstbewusst und fest. Mit einem festen ruhigen Blick. Hoffe ich.

«Er war im Krieg General, okay?», sagt Abu. «Er hat fünf Kugeln in den Bauch gekriegt und ist immer noch am Leben! Und jetzt kennt er alle Leute und hat zwölf Läden, über die ganze Stadt verteilt. Er hilft jedem, wenn er auf der richtigen Seite ist.»

«Das stimmt», sagt Nassir Chan.

«Und wo ist die richtige Seite?»

«Da, wo die ehrlichen Männer sind», sagt Abu. «Es hat nichts mit Politik zu tun. Man muss nur auf der richtigen Seite sein. Innen.»

Er lächelt, er scheint stolz zu sein auf diesen Chef, und mir wird klar, dass das Ganze für ihn ein Abenteuer ist, eine spannende Abwechslung, irgendein Deutscher sucht seine Freundin, und er hilft ihm dabei – während im Gesicht seines Chefs etwas ganz anderes lauert. Der steckt sich einen Plastikzahnstocher in den Mund und kaut darauf herum, fixiert mich mit wiegendem Kopf, erst todernst und dann wieder amüsiert. Nachdem er die Gesamtsituation offenbar zu seiner Zufriedenheit ausgewertet hat.

«Sie helfen mir?»

«Wir werden ein kleines Fest zusammen feiern, mein Freund.»

6

Mitternacht. Ich habe kein gutes Gefühl. Abus Mutter hat uns alle möglichen Horrorgeschichten mit auf den Weg gegeben: betrunkene Mädchen, die von Partys fliehen und dann dem Polizeichef zugeführt werden, der sie wochenlang einsperrt. Anschließend wäre ihr Leben vorbei. Oder man flieht vor der Polizei und wird von hinten angeschossen, um dann in einer Seitengasse auszubluten. Solange man sich an Nassir Chan halte, könne einem eigentlich nichts passieren, hat Abu gesagt, aber er selbst wollte trotzdem auf keinen Fall mitkommen.

«In welchem Stockwerk ist es denn?», fragt Robert.

«Geheim», sagt Nassir Chan.

Wir rattern senkrecht nach oben, im Käfig dieses Außenfahrstuhls. Irgendwo im Nordwesten Teherans. Nassir Chan bewegt seinen Zahnstocher im Mund, sieht schweigend über uns hinweg mit seinen knapp zwei Metern, präsentiert ein vieldeutiges, überlegenes Gesicht. Zwischendurch meine ich auch Neid oder Missgunst darin zu erkennen, weil wir in seinen Augen wahrscheinlich verwöhnte Bengel sind – ich stehe hier aber trotzdem sehr grade in diesem weißen Hemd, das mir Abu gegeben hat; vorne drauf sind zwei große Flammen.

Nassir Chan sei vor dem Krieg ein hochbegabter Student gewesen, hat Abu erzählt, einer, der ein Gelehrter hätte werden können – während er heute, nachdem er im Krieg einen Sohn verloren hätte, nichts mehr von Gelehrten und Geistlichen hielte. Eigentlich sei er aber doch irgendwie ein Gelehrter, und zwar einer mit Herz, er tue nur immer so ironisch.

Robert zuckt plötzlich – es liegt an diesem Knallen und Knattern, die Kabine stockt und scheint aus ihrer Verankerung zu rutschen, ehe sie wieder Fahrt aufnimmt. Tief unter uns schimmern die Straßen, unecht und dunkel und verknotet, liegen da wie phantasiert. Über uns ist alles tiefschwarz.

Wie das denn nun sei, fragt Robert, was Nassir Chan vom Kommunismus halte und ob Teheran tatsächlich ein verrückter Krüppel sei.

Diesmal zucke ich zusammen – aber Nassir Chan antwortet gelassen. Kommunismus sei weniger sein Interessengebiet, aber einige seiner Bekannten interessierten sich dafür, und Teheran sei durchaus kein Krüppel, das habe Abu wohl falsch verstanden. Teheran sei eine Braut, eine tanzende Braut mit tausend goldenen Ringen. Und seiner Meinung und einer alten Sage nach seien alle Metropolen solche Figuren: tanzende Bräute und Kinder und Krüppel, sitzende und stehende Riesen, Krieger und Kriegerinnen, die eines Tages aufeinander losgehen werden. Und ganz am Ende dieses Krieges der Metropolen würde Teheran immer noch tanzen, so wie Teheran immer getanzt habe, zu jeder Zeit.

Weil Teheran eine dreckige Hure sei.

Damit holt er etwas aus einem Zahn und schnippt den Zahnstocher weg. Der Aufzug stockt und rastet ein.

Eine Eisentür geht quietschend vor uns auf.

7

Es ist ein großes, rot beleuchtetes Apartment voller Plüsch, Parfüm und Popcornduft. Abu hat etwas von Frauen aus dem Widerstand erzählt, die als Prostituierte arbeiten, um an Geld zu kommen und gleichzeitig mächtige Männer auszuhorchen. Ich versuche, die Frauen im Raum zu erfassen, aber sie sehen eher nicht nach Widerständlerinnen aus, soweit ich das einschätzen kann. Manche haben Pflaster auf der Nase, wahrscheinlich von den Schönheitsoperationen, die hier billig und beliebt sein sollen: absurde, abgründig überschminkte Marzipangesichter. Ihre winzigen Kleider sind bonbonfarben, passend zu der buntgemusterten Tapete, nummerierte Schildchen stehen vor ihnen auf den Cocktailtischen.

Eine ältere Frau in einem gelben Abendkleid gibt Nassir Chan Küsschen-Küsschen und zwinkert uns an, ihre Haare sind ein zitternder Haarspray-Turm. Kopftücher scheint es gar nicht zu geben. An der Bar: Männer in teuer aussehenden Anzügen. Einer mit einem lachsfarbenen Turban auf dem Kopf.

Als wäre das hier der Dokumentarfilm, den Ana über ihre Mutter drehen wollte, zumindest war das ihr Plan: eine bunte und spannende Doku über das Leben ihrer Mutter in Teheran. Und ich sehe direkt vor mir, wie sie hemmungslos alle anspricht und ausfragt, ohne jede Vorsicht, wie immer, wenn sie sich in etwas reingesteigert hat.

«Hier entlang», sagt Nassir Chan. «Folgt mir.»

Er marschiert durch den Raum und sagt etwas, worauf die Männer an der Bar mit kleinen Verbeugungen antworten, zwei von ihnen stehen sofort auf und bieten uns ihre Barhocker an. Dann gibt er uns ein Zeichen, dass wir uns setzen sollen, ruft der Barfrau etwas zu und verschwindet hinter einem Vorhang aus Plastikperlenketten. Ich lese: Marlboro Country, Good old Tennessee Whiskey, Puma, Persil, Hustelinchen – die verspiegelte Wand hinter der Bar ist mit Markennamen auf kleinen Blechschildern geschmückt, dazwischen schminken sich die jungen Frauen an den Cocktailtischen. Sie zupfen ihre Kleider zurecht und schicken uns Augenaufschläge, auf ihren Köpfen sitzen Frisuren wie brütende Vögel.

Robert rutscht auf dem Hocker hin und her, inzwischen wieder vollkommen durchgeschwitzt – trotzdem mit seinem bescheuerten Anglerhut auf dem Kopf.

«Dieser Ort ist falsch», sagt er.

«Was meinst du damit?»

«Einfach falsch. Die Leute sind falsch.»

«Reiß dich ein bisschen zusammen», sage ich. «Hier ist niemand falsch. Es kommt immer drauf an, wie man sich selber verhält.»

Dabei beginne auch ich zu schwitzen, aber er verhält sich wirklich exakt so, wie man es nicht machen darf: Sein ganzer Oberkörper ist angespannt, er dreht den Kopf hin und her, zappelt mit den Beinen – und scheint dadurch immer ängstlicher zu werden. Während man sich natürlich, ganz im Gegenteil, selbst Mut zureden muss, während man das richtige Gefühl für die Dinge entwickeln muss, die sich um einen herum bewegen – weil sich die Dinge so bewegen, wie man sich selber bewegt.

Ein einfaches Gesetz.

Seine Mutter hat mir mal ein Buch darüber geliehen, *Suggestion und Autosuggestion*, und wir haben schon öfter darüber diskutiert – aber er will es eben nicht richtig verstehen.

«Wenn du dich so ängstlich bewegst, wirst du immer ängstlicher, und dann fängst du wieder an, Geister zu sehen, das kommt nur aus deinem Kopf», sage ich. «Versuch doch mal, grade und ruhig zu sitzen, sonst werde ich auch noch zappelig.»

«CHEERS!»

Die Barfrau steht plötzlich vor uns und stellt uns zwei regenbogenfarbene Gebilde auf den Tresen. Bauchige Gläser voll buntem Likör, mit Strohhalm, Orangenscheibe und Schirmchen. Aus dem Spiegel hinter ihr fixieren uns mittlerweile sämtliche Gesichter, ernst, bis auf die jungen Frauen mit ihren starren Lächel-Posen. Und es *ist* erschreckend – ich habe keine Ahnung, was in all diesen Köpfen los ist. Aber grade deshalb muss ich mich doch zu ihnen hindrehen, sage ich mir. Und gucke möglichst frei zu Nassir Chan, der jetzt mit seinem beringten Finger auf mich zeigt.

Und stehe sogar auf in meinem beflammten Hemd.

Creolen schweben vorbei. Orangefarben geschminkte Lippen. Dann sehe ich plötzlich jemanden mit einer flachen Handtrommel, der allen Ernstes ein Che-Guevara-T-Shirt trägt, etwas zu offensiv vielleicht für einen wirklichen Kommunisten, aber ich kann es nicht einschätzen, die unterschiedlichsten Leute scheinen hier zusammenzukommen. Nassir Chan kommt zwischendurch zu mir und sagt, er wolle noch einige kleine Gespräche führen und dass ich einfach diesen Ort genießen solle, der ja ein besonders *westlicher* Ort sei. Wieder mit diesem etwas selbsthasserischen Ton, mit dem er vorhin von Teheran gesprochen hat.

Ich lehne mich möglichst beiläufig an eine Tapete, auf der ein Wald aus blauen Bäumen abgebildet ist.

Sammle mich hier. Blinzle sogar für zehn Sekunden nicht.

Als ich mich zu Robert umdrehe, bewegt der die Augenbrauen und deutet auf eine rote Nelke in einem schmalen Glas hinter der Bar. Das Symbol der kommunistischen Partei, das uns Ana mal auf einer Broschüre gezeigt hat, wenn auch ohne Stacheldrahtkranz. Robert scheint irgendwas Konkretes ausdrücken zu wollen mit seinen Grimassen, ich verstehe es nicht, er zeigt auf mich und auf die Nelke, aber dann ist Nassir Chan wieder da und nimmt mich sanft an der Hand. Wie eine Frau, die man zum Tanz auffordert.

Ich folge ihm durch einen Gang in einen dunklen Tanzraum, in dem sich langsame Pärchen unter einem goldenen Plastikkronleuchter bewegen. Die Männer wirken gorillahaft groß im Vergleich zu den Mädchen. Einer von ihnen schiebt sein Mädchen vor, als wollte er es Nassir Chan anbieten; Nassir Chan legt seinen Arm um mich und tätschelt mir den Kopf. Scheint mich ein bisschen verarschen zu wollen. Auch wenn er ganz freundlich guckt.

«Gefällt dir eine?», sagt er.

«Ich bin nicht interessiert an diesen Mädchen», sage ich. «Haben Sie schon etwas rausgefunden?»

«Ein wenig Geduld! Erst müssen wir doch plaudern!»

Er sieht sich um, zieht die Augenbrauen zusammen und nickt, als würde er meine Ablehnung verstehen: als wären die Mädchen hier einfach mäßige Qualität. Wahrscheinlich findet er es absurd oder versteht gar nicht, dass ich wirklich gekommen bin, um meine Freundin zu suchen, und ich müsste es ihm klarmachen, aber etwas sagt mir, dass ich jetzt noch passiv bleiben sollte, dass erst mal Zurückhaltung angesagt ist bei diesem Mann. Dass ich es mir sonst verscherze mit ihm.

Als eine Dienerin näher tritt, um uns einen Schnaps anzubieten, gibt er mir ein Glas und hebt seins in die Luft.

«SANTÉ! Weißt du, was das bedeutet, Santé?»

«Cheers?»

«Ja, natürlich, aber sagt man das noch? Sagt man nicht seit längerer Zeit schon FUCK?»

«Fuck?»

«Ja, Fuck. Oder liege ich damit falsch? Bei uns verwendet man nun gerne das Wort FUCK, ich dachte, es ist aus Europa zu uns herübergekommen. Der mit dem wunderschönen Smoking da vorne ist zum Beispiel Türke, und was sagt er? FUCK. Und der da vorne stammt aus Pakistan, und deshalb sagt er gerne: Fuck. Wer heute international erfolgreich ist, sagt FUCK. Damit sind alle sehr zufrieden.»

«Meinen Sie das ernst?»

«Ernst? Warum sollte ich denn ernst sein müssen? Frag mich lieber mal, wie mein Lieblingscocktail heißt. Das ist ein kleines Spielchen. Magst du es erraten?»

«Fuck?»

«Ausgezeichnet! Hervorragend geraten! Und jetzt solltest du ein wenig bei diesen persischen Affen hier mittanzen, zu dieser schönen Popmusik, so was mögen wir hier. Haben ja eine siebentausend Jahre alte Kultur.»

«Können Sie mir jetzt doch nicht helfen?»

«Aber ein wenig Geduld! Wie heißt das Zauberwort heute Abend?»

«Fuck.»

«Ausgezeichnet! Hervorragend geraten!»

Damit geht er weiter.

Ich folge ihm. Mit sicherem Schritt.

Hinter dem Tanzzimmer ist es still, ein kühler, kleinerer Raum. Erst nach einer Weile schälen sich Türen aus dem Dunkeln. Schäbig mit Rissen im Holz. Als würde dieser Raum gar nicht mehr zum Apartment gehören. Es riecht nach Linsensuppe oder Eintopf, muffig und abgestanden. Nassir Chan bewegt sich im Schatten, eine schwache Lampe unter einem grünlichen Schirm geht an. Dann dreht er sich um und zwinkert mir zu.

«Sie ist leider nicht sehr intelligent», sagt er. «Sie sieht sich selbst als Regisseurin und Schauspielerin, tatsächlich hat sie aber nur ein einziges Mal in einem Werbespot mitwirken dürfen.»

«Wer?»

«Die junge Dame, die den Kontakt hat, den du suchst. Falls du dich wirklich für keines von den Mädchen hier erwärmen kannst. Ich würde einen guten Preis für dich raushandeln, preiswerter als in Europa.»

«Vielen Dank. Im Moment nicht.»

Er legt das Kinn auf die Brust und sieht mich an, während ich möglichst klar und aufrichtig zu gucken versuche, ich probiere sogar ein kleines, sympathisches Lächeln. Dann holt er einen Schlüssel aus der Tasche, sieht sich noch mal um und schließt eine schmale Eisentür auf.

«Ich wünsche dir eine schöne Zeit dadrinnen, es wird dir gefallen.»

Es ist ein karges Schlafzimmer. Ziemlich dunkel. Nassir Chan schließt die Tür hinter mir und entfernt sich über den Flur. Ein gelber Globus leuchtet auf dem Nachttisch. Das Bett ist zerwühlt. Hinter dem Fenster ist etwas Stadtschimmer zu erkennen, sehr vage und verschwommen. Seitlich geht es durch eine offen stehende Eisentür in einen weiteren dunklen Raum.

«HALLO?»

Nichts.

Ich befehle mir, erst mal durchzuatmen, eine aufrechte Körperhaltung einzunehmen, bevor ich weitergehe; Autosuggestion: Du machst alles vollkommen richtig, du gehst hier logisch, planvoll, systematisch vor. Durch den nächsten Raum. Durch einen dunklen Flur. Durch zwei Eisentüren, an denen große Vorhängeschlösser hängen. Über der dritten Tür entdecke ich wieder das Symbol, diesmal ganz deutlich auf einem weißen Tuch:

blutrote Nelke und Stacheldraht. Hoffnung und Kampf. Streng verboten, trotzdem ganz offensiv.

Und während ich nicht weiß, ob ich wirklich einfach so weitergehen sollte, wird es vor mir heller, das scheint ein badezimmerähnlicher Raum zu sein – mit chinesischen Schirmchen an den Wänden. Ich mache die Tür noch ein Stück weiter auf und befinde mich im zappelnden Licht unzähliger Kerzen. In der Mitte des Raums steht ein großer Paravent, dessen Schatten ebenfalls zappelt – dahinter plätschert etwas.

Ich gehe vorsichtig zur Seite und stehe ihr plötzlich gegenüber. Sie lächelt mich an. Als wären wir verabredet gewesen.

Eine Badewanne. Dutzende Parfümflaschen im Regal. Ich sehe weg, weil sie nackt ist, weil sie grade erst mit Abtrocknen fertig ist und sich anzieht. Etwas klackert: Das sind ihre Stöckelschuhe, ich sehe es aus den Augenwinkeln. Sie hat bestimmt zehn Paar da und probiert sie an, geht einen Schritt, hantiert dann mit einem Schuhlöffel herum, anscheinend sind sie alle zu eng, wie sie da durcheinanderfallen: blutrot, rosenrot, weinrot, karmin. Und als ich mich traue und sie wieder richtig ansehe, steht sie in einem hellroten Kleid da und bindet sich eine große, rosafarbene Schleife um den Bauch. Und ihr Gesicht könnte tatsächlich das Gesicht von Anas Mutter sein – aber sie ist etwas zu jung.

Ich halte ihr das Babyfoto von Ana hin. Sie wirft nur kurz einen Blick darauf und geht lächelnd zum Waschbecken, um sich einen Plastikschmetterling ins Haar zu stecken. Ihr Blick im Spiegel ist stolz, mit einem vertrauten neugierigen Glänzen, vielleicht eine Cousine oder Halbschwester von Ana, denke ich – halte ihr noch mal das Foto hin, aber sie dreht sich weg, beißt sich auf die Unterlippe, nimmt etwas aus dem Regal und stöckelt hin und her.

«Deutschland?», fragt sie.

«Kennen Sie Simin?», sage ich.

Sie drückt mir die Hälfte eines klebrigen Zeugs in die Hand, von dem sie selbst geschickt abbeißt. Etwas Honigähnliches, das sofort flüssig wird. Ich schmiere es mir in den Mund, während sie mir endlich das Foto abnimmt, während sie vieldeutig lächelt. Und geht.

Durch zwei offene Eisentüren kann ich ihrem Schatten folgen, merke dann, dass die Türen hinter mir zugefallen sind, drehe mich aber nicht um, öffne lieber schnell die nächste Tür – ein leerer Flur.

Eine nackte Glühbirne in der Zugluft.

An der Wand hängt Ruhollah Khomeini als Ölgemälde, mit diesem strengen, geistlichen Blick, unpassend – vielleicht ein Scherz.

Es ist ein Treppenhaus aus Beton, das jetzt nach und nach im Dunkeln entsteht. Eine kühle Riesenwelt von Treppenhaus. Licht kommt nur von den Fenstern ganz oben unter dem Dach, diesiges Mondlicht, das alles gestreift graublau wirken lässt – die Fenster sind vergittert. Es sieht aus, als wäre auf dieser Seite des Gebäudes an allem gespart worden, die Stufen aufwärts sind mit Pappkartons und Brettern bedeckt, der kleine Flur der Etage über mir ist voller Müll, leblos. Die rote Frau kann nur abwärtsgegangen sein.

Als ich im Halbdunkeln tastend die nächste Zwischenetage erreiche und Augen sehe, erschrecke ich, weil es Äuglein sind, unschuldige Äuglein von Kindern. Es sind zwei Paare, und sie sind nur ganz kurz zu sehen, weil unten ein Licht an- und wieder ausgegangen ist. Dann sehe und höre ich sie nicht mehr, vielleicht sind sie in einer der Türen verschwunden, die eher vage Löcher im Beton sind als richtige Wohnungseingänge.

Aus einem der Löcher kommen Stimmen.

Zwei streitende Menschen.

Ich steige über Schutt hinweg, und als ich grade an dem Loch vorbei bin, kommt ein bärtiger Mann in einem beigefarbenen Gewand raus und sagt etwas zu mir, fasst sich an den Kopf und geht wütend nach oben. Die Frau drinnen schimpft alleine weiter. Wahrscheinlich handelt es sich um so was wie Sozialwohnungen, denke ich, arme Leute, die hier untergekommen sind?

In der nächsten Etage sehe ich schon wieder Kinder. Da stehen sie mit den Fäusten um die Geländerstangen und gucken zu mir hoch. Ganz stumm. Etwa zehn Mädchen und zwei oder drei Jungen. Aber so, dass man es lieber nicht sehen möchte: mit Schleifchen und Kleidchen, die gar nicht in dieses dreckige Stockwerk passen. Ganz rechts steht ein Junge, dessen Blick uralt ist in seinem schmalen Gesicht.

Sie weichen zurück, als ich vorsichtig weitergehe. Scheinen Angst vor mir zu haben.

Dann geht unten das Licht aus und wieder an, und ich sehe keine Kinder mehr, aber Einschusslöcher an den Wänden, abgeblätterten Lack an den Geländerstangen, noch mehr Schutt auf dem Boden, fast bis zur Decke, sodass ich nicht weiterkann.

Als ich wieder an der Wohnung mit der schimpfenden Stimme vorbeikomme, sind da noch mehr Stimmen – aggressive Männerstimmen, die sich in meine Richtung bewegen. Ich mache mein Feuerzeug an und sehe einen Mann mit einer Glatze und glänzenden Augen. Er sitzt auf einem Plastikstuhl vor der Wohnung und guckt mich an, als hätte er mich schon die ganze Zeit gesehen, als wartete er auf mich. Hinter ihm kommen die anderen Männer, und aus den Augen des ersten verschwindet der Glanz, als ginge jetzt etwas los, für das man diese großen, stumpfen Augen braucht, die er hat. Ich renne zurück.

Im Apartment, mit pumpendem Herzen, wirkt dann alles etwas anders. Es scheint mir plötzlich doch kein Puff mehr zu sein, eher eine stickige Bar, die nur leicht verboten wirkt – im Vergleich zu den anderen Stockwerken jedenfalls fast vertrauenerweckend. Unter dem Plastikkronleuchter tanzt man in enger Umarmung, im Schatten wird geküsst.

Ich mache eine mit Fellen beschlagene Tür auf. Dahinter ist die Party richtig im Gang: Vanilleparfüm schlägt mir entgegen, eine Klassenfahrtsatmosphäre. Die Frauen legen den Kopf in den Nacken, die Männer schieben die Brust vor und schnipsen zur Musik. Die Barfrau tanzt am wildesten, sie lässt zuckend die Hüften kreisen, als wollte sie den Arsch abwerfen.

Am Tresen steht Robert mit dem Cocktail in der Hand, von dem er nicht trinkt. Guckt ganz verstopft, was mich nicht wundert, dieser Raum ist so ziemlich das exakte Gegenteil seiner Welt. Den Anglerhut hat er abgesetzt, was aber auch nicht passender wirkt. Daneben Nassir Chan, der mich offenbar verarschen wollte, denn neben ihm steht die rote Frau, und sie lächeln beide zufrieden, als hätten sie nur auf meine Rückkehr gewartet.

Aber als ich näher komme, wird mir klar, dass sich die Situation löst – dass ich genau richtiggelegen habe mit meinem zurückhaltenden Verhalten. Dass Nassir Chan diese Spielchen brauchte, dass es seine Art ist und dass es ganz richtig war, mitzuspielen. Denn er sieht mich jetzt eindeutig versöhnlich an, sagt etwas von einer Telefonnummer, die seine rote Freundin mir aufgeschrieben habe, die Nummer eines Mannes, der Kontakt zu Anas Mutter hat.

Ich nehme den Zettel entgegen. Und Nassir Chan guckt wissend.

Dabei bin *ich* derjenige, der hier wissend gucken sollte, denke ich. Derjenige, der die Muster der Situation richtig eingeschätzt hat. Der mit Logik *und* Instinkt vorgegangen ist. Und ich versuche ein Lächeln, und diesmal wird es auch eins, ich kann es spüren – und die rote Frau spricht mir diesen persischen Namen aus, der neben der Telefonnummer steht: Tyrhkrdn.

Das bedeute in etwa: der dunkle Pfad.

Das Abc der Parapsychologie

1

Ich hatte es mir als Befehl ins Bewusstsein gesetzt, nicht zu blinzeln. Ich saß auf einem Korbstuhl vor dem Landhaus und blinzelte anderthalb Minuten lang nicht. Manchmal schaffte ich zwei. Die Rapsfelder verschwammen und wurden zu gelben Formen, und die gelben Formen wurden zu einer vielfarbigen Fläche, und die vielfarbige Fläche wurde zu einem farblosen Etwas, hinter dem schon etwas anderes zu erahnen war – etwas Erschreckendes. Etwas Erschreckendes und etwas Rohes. Denn eines Tages, dachte ich, wenn man die Technik des Nichtblinzelns endgültig beherrschen würde, würde sich auch dieses letzte, schon farblose Etwas auflösen, und dahinter würde das Niegesehene sichtbar werden: die wirkliche Welt, der rohe Raum. Das nackte und grauenhafte Draußen. Und darin sicherlich so was wie eine Struktur.

Blinzeln bedeutet Angst haben, sagte ich mir, man muss sich aber bereit machen für dieses Grauen – man muss stärker sein als das Grauen, liebe Freundinnen und Freunde, sagte ich. Oder ich sagte: Liebe Freundinnen und Freunde, ich gehe vor, ihr kommt nach. Ich werde gegen das Grauen ins Feld ziehen, ihr aber sollt mir gehorchen und folgen.

Bevor ich dann erschrak.

Bevor ich dann dachte: Mit wem redest du hier.

Es war Hochsommer in der Einöde. Das alte Holz der Veranda knackte in der Sonne, die beiden Kletterpflanzen an den Balken blühten knallrot und violett. Frances hatte mich nach dem Tod meiner Mutter bei sich aufgenommen, ich wohnte inzwischen schon ein Jahr bei Robert und ihr, auch wenn es sich nicht so anfühlte, als sollte das hier jemals mein Zuhause werden.

Ich saß am liebsten alleine da und übte, gegen diese Panik anzukämpfen, die manchmal kam, wenn ich das Gefühl hatte, jemand anderes würde in mir denken, meine eigene Gedankenstimme würde sich in mir selbständig machen und mich von meinen Übungen abhalten.

Vor diesem leuchtenden Raps.

Indem ich mich dann zur Beruhigung auf die kleinen Bewegungen konzentrierte, auf die Wellen des Windes, auf die Schatten der Wolken. Oder auch auf Dinge, die es nicht gab, die ich nach und nach selbst erzeugte, indem ich die Farben etwas verschwimmen ließ.

Ich sah das iranische Mädchen, von dem Robert erzählt hatte. Sie stand weit entfernt in einem schwarzen Kleid, schön auf eine orientalische, geheimnisvolle Weise. War dann wieder weiter vorne zu sehen, halb im Raps versteckt, offensichtlich splitternackt. Ich setzte sie mir einfach ins Bewusstsein, ohne sie gesehen zu haben, sie war eben schon vorhanden, an verschiedenen Stellen sah ich ihre Hand oder ihr Bein.

Den Sommer davor hatte ich wie immer als Gast hier verbracht, meine Mutter hatte mich über die Schulferien abgeliefert. Für die letzte Woche kam sie dazu, saß mit Frances am Gartentisch und trank stundenlang Kaffee, während Robert und ich hinten auf der großen Wiese lagen. Er redete davon, dass wir so was wie sehr unterschiedliche Zwillinge seien, ein Stadt- und ein Landkind, die sich aber doch ähnlich seien auf ihre Weise, auch weil unsere Namen so ähnlich klangen: Robert und Rupert, damit müsse es doch etwas auf sich haben. Ich stimmte ihm zu, wir hatten uns wie immer fest angefreundet in den sechs Wochen. Wir waren uns auch einig, dass mit unseren Müttern irgendetwas nicht stimmte. Aus der Ferne betrachtet saßen sie ganz friedlich da, aber wenn wir am Abend näher rückten, ging eine deutliche Kälte von ihnen aus. Sie waren schon immer kühl und verhärtet gewesen, aber jetzt war es schlimmer geworden – es kam mir vor, als würden ihre Gesichter noch knochiger und strenger werden, wie sie da im Schatten saßen. Meine Mutter war unzufrieden mit ihren Putz-Jobs und unserer kleinen Wohnung in der Stadt, sie wollte irgendwas grundlegend verändern, so viel verstand ich – oder so viel schnappte ich auf, abends in der Terrassentür stehend, den merkwürdig leisen Gesprächen lauschend. Wenn sich die beiden unterhielten, kamen immer Fremdwörter darin vor, unverständliche Begriffe, das verwirrte mich: Zwei Menschen unterhalten sich, und man kann einfach nicht ausmachen, worum es geht. Meine Mutter saß da in ihrer typischen Pose: verschränkte Arme und ein Gesichtsausdruck, als würde sie durchgehend frieren.

«Welche von unseren Müttern ist trockener?»

«Auf jeden Fall meine», sagte ich.

Wir argumentierten hin und her, als wenn man etwas gewinnen könnte mit der schlimmeren Mutter – ich fand, dass Frances gesünder aussah, auch wenn sie ein gutes Stück älter war und in einer längst vergangenen Zeit zu leben schien. Ihre weißen Haare trug sie meist als Dutt, links über ihren schmalen Lippen saß eine Warze, die ihr eine strenge Würde verlieh, zusammen mit den immer gleichen grauen Leinenklamotten und der altmodischen Drahtbrille. Wenn sie die Brille absetzte, wirkte ihr Gesicht noch härter, und ihre eisblauen Augen leuchteten richtig darin – vor Bewusstsein oder vor Getrenntsein oder vor Wissen. Meine Mutter und sie hatten sich in einer Wohngemeinschaft kennengelernt, und Frances war irgendwann rausgezogen und zu einer strengen Christin geworden – während meine Mutter in der Stadt geblieben war und sich wahrscheinlich auch sonst viel weniger verändert hatte. Sie saß in löchrigen Flickenjeans da, ihre langen blonden Haare waren noch verfilzter, als ich es von vor den Ferien in Erinnerung hatte, ihre hellblauen Ledersandalen waren mit einem bunten Blumenmuster bedruckt. Alles so, als wäre sie immer noch jung – wodurch sie im Gesicht umso älter und kränklicher wirkte.

Einmal sah ich heimlich durch die Luke zu, wie sie auf dem Dachboden hin und her schlich und eine Leinwand ansah, die sie im letzten Sommer hier oben bemalt hatte, ohne dass irgendwas dabei rausgekommen wäre. Sie räumte auch ein bisschen herum, sortierte ausrangierte Vasen und andere unnütze Dinge, aber alles unsagbar langsam, als machte es große Mühe, sich zu bewegen. Ich erkannte das Sternschnuppen-Tattoo an ihrem Knöchel, ihr mageres Gesicht, meine Mutter eben. Aber als sie mich ansah, kam es mir vor, als würden wir uns gar nicht kennen, als wäre sie nur irgendeine Tramperin, die ich grade zum ersten Mal sah.

«Geh wieder runter, spielen», sagte sie.

Dabei war ich schon fünfzehn.

Kurz bevor wir abreisen wollten, kam die Idee auf, dass wir hierherziehen könnten. Robert und ich beschlossen, einen Brief an unsere Mütter zu schreiben. Zuerst hatten wir mündlich vorgetragen, dass wir dafür waren, aber unsere Freude über die Vorstellung, jeden Morgen gemeinsam mit dem Bus in die Schule zu fahren, schien vollkommen irrelevant zu sein, wir hatten offenbar mal wieder nicht begriffen, worum es ging. Also schrieben wir: Sehr geehrte Mütter ... Aber man hatte schon dagegen entschieden. Es wäre ohnehin nur eine Notlösung gewesen, weil meine Mutter Schwierigkeiten hatte, unsere Miete zu zahlen, offenbar alles kein Grund zur Freude. Der Brief lag abends auf dem Gartentisch, sie hatten ihn gelesen, aber es gab keinen Kommentar, Frances schickte uns ins Bett. Meine Mutter saß nur da, nicht weniger ernst, aber passiver und in sich zurückgezogen.

Als ich später am Abend noch mal herunterkam, erschrak ich, weil Frances sie doch noch von der Idee zu überzeugen versuchte. Mit ungewohnt eindringlicher Stimme. Die Tage wurden schon etwas kühler, und abends wurde es windig, sodass ich mich hinter dem Vorhang verstecken konnte, den der Wind auf seinem Weg durch den Saal aus der Terrassentür blies. Aber als ich dieses Mal meinen Platz einnahm, bemerkte mich Frances direkt und schickte mich wieder hoch, und ich sah im Umdrehen nur noch dieses kleine, ins Nichts gerichtete Lächeln meiner Mutter, das ich noch weniger verstand als alles andere; ich hatte sie eigentlich noch nie so lächeln sehen.

Am nächsten Morgen kam sie nicht zum Frühstück, ich suchte sie und fand sie im unteren Badezimmer, das wir nie benutzten, weil dort die Wände verschimmelt waren. Ich sah zuerst das rosafarbene Badewasser, dann sie. Nur ihr Kopf und ihr Hals guckten heraus, ihre Augen waren offen. Ich wunderte mich, dass sie nicht blinzelte. Es schien überhaupt kein Blick in ihren Augen zu sein. Sie lag auch ungewöhnlich, ein kleines bisschen auf der Seite, und ein ekliger Geruch ging von der Badewanne aus – aber es stank immer etwas im unteren Bad, wegen den schimmligen Wänden. Ich dachte, sie badet, sie nimmt einfach ein Bad und ist zu entspannt, um mich zu sehen. Ich ging rüber in den Saal und setzte mich vor den Kamin. Ich verstand es erst, als Frances zu mir kam und fragte, was los sei. Genau in dem Moment, in dem sie fragte, kam es mir in den Kopf – warum sie nicht mehr blinzelte und warum das Wasser rosa war, und ich begriff auch, dass sie es auf diese brutale Art gemacht hatte, auf diese viel zu blutige Art, die mir nie in den Sinn gekommen wäre, obwohl ich schon daran gedacht hatte, dass sie so was irgendwann tun könnte.

«Jetzt ist sie tot», sagte ich.

Viel später dachte ich, dass auch die Art ihres Selbstmords nicht richtig zu ihrem Alter passte. Sie war achtundvierzig; zumindest in Filmen waren es immer eher Jugendliche, die sich die Pulsadern aufschlitzten. Ältere Menschen, dachte ich, fällen die Entscheidung überlegter, sie klären vorher alles ab und nehmen Schlaftabletten oder Ähnliches, sodass sie eher angezogen im Sessel sterben, sodass niemand sie nackt in ihrem Blutgeruch finden muss.

2

Die Beerdigung fand auf einem kleinen, hoch ummauerten Friedhof am Stadtrand statt. Weiße Blütenblätter lagen auf dem Urnengrab, ich sah es aus dem Augenwinkel – eigentlich konzentrierte ich mich auf eine junge Frau, die ein paar Gräber weiter versuchte, eine Kerze anzuzünden. Ihr Feuerzeug klickte in den Redepausen des Pfarrers, dann klackerten ihre Absätze, und irgendwo bröckelten Steinchen von einer Mauer – mir fiel auf, dass da überall diese kleinen, selbständigen Geräusche waren, die gar nichts mit der Beerdigung zu tun hatten und trotzdem existierten. Je länger ich zuhörte, desto aufgeregter und ängstlicher wurde ich, aber es hatte überhaupt nichts mit meiner Mutter zu tun, es war wegen den Geräuschen – weil sie mit gar nichts verbunden waren, weil sie als vollkommen freie Phänomene über den Friedhof wehten. Als ich auf die Idee mit dem Nichtblinzeln kam, konnte ich zusätzlich die sichtbaren Dinge, die Grabsteine, Bäume und Blumen, voneinander lösen. Um mich herum entstand ein buntes Chaos, und es sah ganz danach aus, als könnte man es neu und anders zusammensetzen, wenn man sich auf die richtige Weise konzentrierte.

Ich stellte mir vor, dass ich aus mir rausschweben und frei über den Friedhof wehen könnte wie die Geräusche, dass ich in die fremde Frau reinwehen und eine Weile in ihrem Körper verbringen könnte. Sie trug grellrote, unpassend schicke Stöckelschuhe, die eckige Abdrücke in der Erde hinterließen, dazu einen leuchtend roten Regenmantel mit einem großen Gürtel. Nach einer Weile ging sie telefonierend davon, und ich versuchte herauszufinden, mit wem sie telefonierte, wessen Grab es war, das sie besucht hatte, ich versuchte, in ihr drinzubleiben und mit ihr wegzugehen.

«Wir Christenmenschen sind wahre Protestmenschen gegen den Tod!»

Der Pfarrer schien irgendeinen Bogen in seiner Rede zu beenden. Es war vollkommen unklar, wen er damit ansprechen wollte. Frances war zwar Christin, lehnte aber alles ab, was mit Kirchengemeinden zu tun hatte. Robert und ich hatten die Kirche, den Pfarrer und den Friedhof noch nie gesehen, und meine Mutter hatte nie an Gott geglaubt und war offensichtlich auch kein Protestmensch gegen den Tod gewesen.

Robert war der Einzige, der weinte, er krümmte sich zusammen, während er eine Handvoll Blüten in das Erdloch warf; es schien eher wegen mir zu sein als wegen meiner Mutter. Ich spürte überhaupt keine Tränen. Ich weigerte mich auch, Blüten auf das Urnengrab zu werfen. Zwischendurch hatte ich kurz das Gefühl, mich hinlegen zu müssen, als würden sich meine Muskeln auflösen und ich müsste fallen und für immer so liegen blieben – aber dann sah ich weg und konzentrierte mich wieder auf die Farben und das leise Klackern in der Luft.

Den Herbst und den Winter über schlief Robert noch ab und zu bei mir im Gästezimmer. Er saß in seinem Nachthemd auf der Matratze auf dem Boden, kaute an seinen viel zu langen Fingernägeln und guckte voller Mitleid zu mir hoch, als wollte er mich dazu verpflichten, permanent unglücklich zu sein und mit ihm reden zu wollen.

«Es ist ungesund, wenn man nicht darüber redet!»

«Schneid dir lieber mal deine Fingernägel», sagte ich.

Es war wirklich ekelhaft, in den letzten Wochen war es wieder schlimmer geworden: Er ließ sie wachsen und kaute sie irgendwann ab, aber meistens waren sie so lang, dass er wie ein seltsamer Harfenspieler aussah. Und mit dem Mondlicht vom Fenster und den Rüschen seines Nachthemds wirkte er kalkweiß und entrückt, als würde er sich jeden Moment in eine böse Märchenfigur mit spiralförmigen Fingernägeln verwandeln.

Es kam mir überhaupt vor, als würden meine Konzentrationstechniken nur außerhalb des Hauses wirken, während meine Phantasie innerhalb des Hauses gegen mich gerichtet war. Nachts, auf dem Weg zur Toilette, verschwammen die Treppenstufen und Möbel vor meinen Augen, und mir kam die Angst, selber zu verschwimmen und mich nach und nach aufzulösen. Ich bin gar nicht mehr richtig vorhanden, ich bin nur eine Gedankenstimme, dachte ich. Ich bin nur ein Geist.

Außerdem war alles infiziert von Frances und ihrer altmodischen Strenge. Sie steckte in den dunklen Schränken, in den leeren Vasen, in den unterschiedlich abgewetzten Treppenstufen. Auf dem Sekretär im Saal lag ihre massive Lederbibel, neben dem Kamin hingen die gerahmten Fotos von der Zeit, die sie bei den Mormonen in Amerika verbracht hatte – ovale und eckige Mumifizierungen in Schwarzweiß. In den allerersten Wochen war sie ein winziges bisschen freundlicher gewesen, inzwischen sah sie mich an, als wäre ich hier eingedrungen, als hätte sie mich gegen ihren Willen aufnehmen müssen.

«Es liegt auch an dir. Du musst mit deinen Gedanken aufpassen, du hast dich verändert», sagte Robert.

«Schneid deine Fingernägel!», sagte ich.

Er gehorchte. Er duckte sich und schnitt sich die Fingernägel, so kurz es ging, und als ich ihn dazu aufforderte, schnitt er weiter. Er nahm die Nagelfeile und feilte gründlich und fing an zu bluten, aber er sah immer noch aus wie ein Harfenspieler, deshalb trieb ich ihn weiter an. Es machte mich wütend, dass er so schwächlich dasaß mit seinem Mitleid, seinem Blut, seiner silbernen Kruzifixkette und dem Nagel-Set. Als wollte er, indem er mir gehorchte, an meiner Stelle leiden.

An dem Tag, an dem wir Ana trafen, befahl ich ihm, mich im Bollerwagen zu ziehen. Es war in den ersten heißen Tagen, er hatte sein T-Shirt zu einem Turban um den Kopf gewickelt; ich saß zwischen unseren Picknicksachen und wies die Richtung mit meinem Stock, während die Pappelsamen wie Schnee um uns wehten. Er redete mal wieder davon, dass er eines Tages das Landhaus erben würde und dann mit mir zusammen ein Hotel darin aufmachen wolle – es sollte eine Art Natur-Hotel werden, in dem sich überarbeitete Stadtmenschen erholen könnten. Ich sagte ihm, dass es das Allerletzte war, was ich mir für meine Zukunft vorstellen konnte, dass ich so bald wie möglich aus dieser Einöde abhauen wollte und dass er das auch tun sollte, wenn er nicht komplett irrewerden wollte.

Auf einer Lichtung im Wald stellten wir den kleinen Schachtisch auf, den wir mitgenommen hatten. Es war unser Ritual, uns in unseren Klappstühlen gegenüberzusitzen und Chaosschach zu spielen. Im Sommer davor hatten wir es uns zusammen ausgedacht: Das Spiel ging so, dass man eigentlich alles machen durfte, das Pferd auf den Turm stellen oder die gesamte Bauernreihe vier Felder vorrücken – die einzige Regel bestand darin, dass jeder Zug möglichst überraschend aussehen musste. Und dass man immer einen Namen für die Variante erfinden musste, die man gerade benutzte.

«Russische Eröffnung», sagte Robert.

«Italienische Schleuder.»

Er nickte, wir setzten unsere Züge, aber ich fand, dass das Spiel mittlerweile anders aussah und viel weniger Spaß machte, als im Jahr davor. Während ich bei jedem Zug ernsthaft nachdachte und versuchte, eine Struktur im Spiel zu erkennen, setzte er seine Figuren wahllos, er verstand nicht, dass sie auf eine ganz spezielle Weise sinnlos aussehen sollten.

«Lass dich mal darauf ein, richtig Chaosschach zu spielen, wie letztes Jahr», sagte ich.

«Ich spiele wie immer.»

Aber dann setzte er nur wieder die Bauern auf die Türme, was das Phantasieloseste war. Was weder ein neues Muster ergab, noch ein Muster brach.

«Spanische Burg!», sagte er dazu.

«Deutsches Matt», sagte ich.

Lichtflecken wanderten über das Feld, die Schatten der Figuren lösten sich auf. Die Himmelsstückchen in den Baumkronen waren blaue Blätter. Für Momente war es still, als wäre unser Leben jetzt schon an ein Ende gekommen, als wären wir, hier am Ende der Welt, in ein heißes grünes totes Nichts hineingeglitten – aber dann setzten sich das Rauschen und das Knacken und der Wind wieder in Gang, und auch Roberts sanfte, tastende Stimme war wieder da. Er las mir aus einem der Bücher vor, die wir uns aus Frances' Bibliothek geholt hatten, es hieß *Das Abc der Parapsychologie*, und es hatte etwas Betäubendes und Beruhigendes, ihm zuzuhören. Zumindest wenn er einfach nur vorlas und nicht anfing, Erklärungen abzugeben. Wenn wir über übersinnliche Begabungen diskutierten, gab es sowieso nur Streit – er redete von Wundern und glaubte daran, während ich sagte, dass so was immer mit psychischen Mutationen zu tun haben musste. Gehirn-Fähigkeiten, die manche Menschen eben hatten, so wie ich meine Fähigkeit hatte, an guten Tagen einen Blick auf die Ordnung hinter den Leuchtfarben zu werfen.

«Du kannst nicht einfach so magische Fähigkeiten

haben», sagte er. «Nur ganz wenige Menschen im Mittelalter hatten diese Kräfte!»

«Es gibt nichts Magisches, das ist es nicht», sagte ich. «Du verstehst nicht, worum es geht.»

Es war genau wie beim Chaosschach, sagte ich mir, er dachte vielleicht kurz in die richtige Richtung, aber am Ende kam doch nur Unsinn dabei raus.

Manchmal wiederholte er eine Geschichte vom Vortag, und es war, als würden die Tage verschwimmen, und an einem der Tage schlenderte Ana auf die Lichtung, ganz nebenbei. Ich wusste, dass sie es war, aber ich dachte, dass sie es eigentlich nicht sein konnte – sie sah viel jungenhafter aus, als ich sie mir vorgestellt hatte. Sie trug Jeans und einen schwarzen Kapuzenpullover, eine Hand in der Hosentasche, in der anderen eine Birne. Ihre langen schwarzen Haare waren verwuschelt, sie ließ sie sich in die Stirn fallen, guckte an uns vorbei – als wäre es vollkommen uninteressant, dass hier zwei Jungs mit einem Schachtisch auf der Lichtung saßen.

Robert bekam gar nichts mit, er blätterte im Buch. Ich wollte ihm grade Bescheid sagen, aber in dem Moment biss sie in die tropfende Birne – und als sie hochsah, gingen unsere Bewegungen ineinander, als wäre eine gleichmäßige, weiche Mechanik ausgelöst worden auf der Lichtung. *Und das ist genau die Sekunde*, sagte eine Stimme in meinem Kopf, *das ist doch der Moment, den du die ganze Zeit herbeigearbeitet hast.*

Bis auf die Tatsache vielleicht, dass ich sie mir etwas anders ausgedacht hatte. Aber dann sieht sie eben genau so aus, wie ich sie mir hätte vorstellen *müssen*, dachte ich. Mit ihrem etwas zu großen Pullover, mit ihren schwarzen Augen und dem leichten Silberblick darin.

«Ist was?», sagte Robert.

«Siehst du sie nicht?»

Er drehte sich um, aber sie war schon abgehauen, und ich zweifelte einen Moment, aber sie war da gewesen, auf dem Waldboden lag die Birne.

3

Wir trafen sie am Waldrand, zwei Wochen später. Sie nahm uns mit zu einem Ruderboot, das am Ufer des Flusses festgemacht war, stellte ihre Springerstiefel auf den Rand und sah über das Wasser, die Augen verschwörerisch zusammengekniffen. Ich mochte das. Ich mochte auch ihre kurzen und flüchtigen Seitenblicke, als wäre Eile geboten, ihre schnelle, an unvermittelten Stellen lauter und leiser werdende Stimme, zu der sie die Hände und Augenbrauen bewegte, als wären alle anderen etwas schwer von Begriff. Und dann wieder verzog sie nur die Unterlippe und konnte allein damit einen zweifelnden oder ironischen Ausdruck machen. Diesmal trug sie eine kurze Jeanshose und ein schwarzes T-Shirt mit dem Schriftzug *Necrophilian*.

«Jetzt steigt halt ein, los, los, los, los, zuerst den linken Fuß, dann den rechten, REIN!»

«Wem gehört das Boot?», fragte Robert.

«REIN! REIN!»

Er saß vorne, ich hinten, Ana saß in der Mitte und ruderte mit kräftigen Zügen in die Dunkelheit unter dem Blätterdach. Ich fragte nicht, wo genau sie hinwollte, ich hoffte, dass sie es vielleicht noch nicht wusste, denn mit Robert konnte man nie so richtig ziellos aufbrechen, nie so, dass man eine Chance gehabt hätte, den Rückweg nicht mehr zu finden. Ab und zu sickerte etwas Licht durch das Blätterdach und fiel auf ihr Haar, der Geruch von Vanilleshampoo und fauligem Wasser lag in der Luft; ich war ganz damit beschäftigt, ihr beim Rudern zuzugucken.

«Gehen wir zu dir nach Hause?», sagte Robert.

«Ich weiß nicht, warum? WOLLT ihr das?»

«Ich weiß nicht. Irgendwo müssen wir ja hin.»

Während er an seinem Kruzifixkettchen fummelte und den Kopf hin und her drehte, wartete ich auf die kleinen schraubenden Blicke, die sie mir zuwarf – als Kommentar zu seinen Fragen.

Am Waldrand machte sie das Boot fest, und wir durchquerten das Naturschutzgebiet dahinter, eigentlich war es eher eine Geröllhalde: Plastiktüten wehten, Schrott und Flaschenscherben lagen rum. In regelmäßigen Abständen gab es Tierfallen im Gestrüpp, Schnappeisen mit großen Zähnen. Ana hatte die Hände in den Hosentaschen und ging vorgebeugt, fast ein bisschen vorwärtsfallend; in der Ferne tauchte das Betonhäuschen auf, in dem sie mit ihrem Vater wohnte. Ein graues Klötzchen im gleichmäßig weiten und öden Land.

«Ich KANN euch mitnehmen, weißt du? Aber dann muss ich euch erst nach Waffen untersuchen. Das ist hoffentlich klar!»

«Waffen?», sagte Robert.

«Was sonst! Man kann nie wissen, ob ihr nicht iranische Spione seid, die meinen Vater töten wollen.»

«Warum denn iranische Spione? Wir waren doch noch nie woanders als in Deutschland.»

«Trotzdem!»

Ich wartete auf einen ihrer Blicke, aber es kam keiner.

Dann sagte ich: «Robert. Natürlich gibt es auch iranische Spione, die immer hier in Deutschland gewohnt haben, wusstest du das nicht? Es kann immer sein, dass jemand ein Messer in der Unterhose hat, gerade wenn er auf den ersten Blick so friedlich aussieht wie du.»

«Genau, und deshalb müsst ihr euch jetzt ausziehen!»

Jetzt kam er: ihr Komplizenblick. Ein Lächeln in einer Hundertstelsekunde. Sie ging beiläufig zur Seite, zog eine Zigarette hinter ihrem Ohr vor und rauchte, während Robert und ich begannen, unsere Hemden aufzuknöpfen. Ich schwitzte, hatte aber das Gefühl, mich im Gegensatz zu ihm wenigstens halbwegs entspannt zu bewegen: Er stieg ganz zittrig aus seiner Leinenhose, breitete seine Sachen tatsächlich auf dem Boden aus, damit sie durchsucht werden konnten.

«Unterhose auch?»

«Natürlich», sagte Ana.

Ich versuchte, mir keine Aufregung anmerken zu lassen, es war immerhin klar, dass ich im Vergleich ganz gut wegkommen würde – er hatte einen kleinen, verkniffenen Schwanz. Er stand ganz ehrlich da, und sein Schwanz war auch irgendwie ehrlich, aber eben auch verkniffen und rot.

Erst als Ana wieder vor uns stand und uns musterte, erschrak ich. Es war, als wäre ich erst jetzt nackt, als hätte sie uns durch ihren Blick erst ausgezogen.

«Seid ihr KEINE Spione?», sagte sie. «Oder seid ihr vom iranischen GEHEIMDIENST?»

«Keine Spione», sagte Robert. «Ich hab schon immer zu Hause bei meiner Mutter gewohnt.»

Ich suchte nach einem Satz; ich wollte unbedingt etwas sagen, das jetzt genau passend kommen würde – etwas Starkes, das trotzdem vieldeutig bliebe, etwas, das die ganzen Gedanken meines Lebens beinhalten würde, ohne zu viel zu sagen. Vielleicht auch etwas Lustiges oder etwas sehr Ernstes und trotzdem Verqueres. Fast fiel es mir ein. Ich hatte es auf der Lippe.

Ich sagte: «Ein Spion bin ich schon mal nicht ...»

Aber in dem Moment beugte sie sich runter, um meinen Schwanz mit der flachen Hand zu wiegen, als betrachte sie ein Käferchen. Und etwas in meinem Kopf ging aus.

Als ich die Augen aufmachte, stand sie dicht vor mir. Wir waren exakt gleich groß, ich spürte ihren Atem im Gesicht. Zigaretten und Bier und Wärme. Ihr Blick war kritisch und wurde dann weich, weil sie etwas Weiches dachte, ich sah es genau – es war, als hätte sie ihr Gesicht bis jetzt wie eine Schauspielerin kontrolliert und grade entschieden, mich zum ersten Mal für längere Zeit so richtig anzusehen. Als ich die Mundwinkel hochbekommen hatte, lächelte sie mit.

Robert wollte sich gerade seine Unterhose anziehen, erschrak aber, als ich ihn ansah, und ließ sie wieder fallen.

«Warum grinst du jetzt so?»

«Sorry», sagte ich. «Aber wir müssen noch deine Körperöffnungen kontrollieren. Das ist einfach so, das muss man machen. Das gehört auch zum Sicherheitsprogramm.»

«Körperöffnungen?»

«Sie schieben sich die Messer manchmal hinten rein, verstehst du? Sie tun das Messer in eine schmale Dose und tragen es im Arsch durch die halbe Welt, und dann ziehen sie es plötzlich raus und bringen jemanden um.»

«Woher sollte ich plötzlich ein Messer im Arsch haben, du weißt, dass ich keins hab!»

Ana war schon ein Stück weitergeschlendert. Ich war mir gar nicht sicher, ob sie das hier gut fand, aber es schien mir jetzt etwas zu sein, das ich zu Ende bringen musste. Robert stand so dünn vor mir, und aus seinen Augen guckte wieder dieses Mitleid, als wollte er mich an alles Traurige dieser Welt erinnern, als wollte er alles Traurige dieser Welt in mich hineinpressen. Ich war aber frei. Ich war nicht zum Herumquengeln geboren.

«Bück dich jetzt», sagte ich. «Bücken oder gehen!»

Er nahm seine Klamotten und ging. Nackt, wie er war. Seine Arschbacken wackelten sehr ernst über das Feld, und ich lachte, ich sagte mir, dass es jetzt wirklich wichtig war zu lachen, dass ich einmal mit voller Kraft loslachen musste. Um es mir anzugewöhnen, um nicht immer ernst bleiben zu müssen.

Als ich mich angezogen und Ana eingeholt hatte,

kniff sie die Augen zusammen, als wollte sie etwas auf der Spitze ihrer Zigarette erkennen, aber dann löste sich ihr Gesicht wieder, und sie lachte hell, viel mädchenhafter als bisher.

«Hast du schon mal so richtig, richtig böse Sachen in deinem Leben gemacht?», sagte sie.

«Schon öfter.»

«Alleine?»

«Wie es sich eben ergibt.»

4

Zuerst: der gelbe Raps, der immer noch weiter reichte, als man meinte, dann: der Wald und der Fluss, wo es kühler wurde, dahinter die Geröllhalde und die Büsche, hinter denen ich mich versteckte. Ana ging vor dem Betonhäuschen hin und her und hängte Wäsche auf die Leine, ganz unabhängig von mir in ihrem eigenen Leben. Das musste ich immer erst eine Weile sehen: wie sie sich einen Zopf band; wie sie ihre Springerstiefel auszog und rüber zum Hauseingang warf. Als ich sie gefragt hatte, hatte sie gesagt, dass sie auch eine Gedankenstimme habe, und sie hatte meine Frage vielleicht nicht richtig einordnen können – aber es war trotzdem wahrscheinlich, dass sie jetzt in diesem Moment auch etwas dachte, dass sie dort vorne stand mit ihrer Stimme im Kopf. Und dass zumindest wir beide richtig vorhanden waren und die Dinge beeinflussen konnten, dass wir nicht nur irgendwelche farbigen, herumtreibenden Formen waren.

Ich stand plötzlich hinter ihr. Ich mochte es, mich anzuschleichen. Wenn sie mich schon bemerkt hatte, zog sie ironisch die Augenbrauen hoch, wenn ich sie wirklich überrascht hatte, guckte sie weicher, manchmal fast hausfraulich. Beim letzten Mal hatte sie gesagt, dass ich ganz gut aussähe, dass ich etwas ziemlich Angespanntes an mir hätte, das ihr aber gefiele. Als ich keine Antwort darauf gefunden hatte, hatte sie sich geärgert, dass sie das gesagt hatte, ich hatte es gemerkt. Sie versuchte anscheinend immer, nichts Gefühlsmäßiges zu sagen, aber ihr Mund war zu schnell.

Wir holten uns ein Bier aus dem Kühlschrank, während sich ihr Vater im Nebenraum von seiner Matratze erhob. Er trank selbst die meiste Zeit; er lag verkatert in Unterhosen da und stemmte sich mit den Armen auf, man konnte sehen, wie er alle Kraft aufwenden musste, um sich hinzusetzen. Kommunisten hatte ich mir eigentlich anders vorgestellt, eher so wie Frances oder andere religiöse Menschen – ohne Drogen, viel am Arbeiten und streng zu sich selbst. Er rollte seine Socken auf und zog sie elend langsam an, dann kam er in einem Trainingsanzug mit gelben Reflektorstreifen an den Seiten raus und blinzelte ins Licht.

«Salam», sagte ich.

«Salam», sagte er.

Ana gab mir Zeichen mit den Augen, dass ich nicht weiter auf ihn achten sollte. Sie war noch ein Baby gewesen, als er mit ihr nach Deutschland geflohen war, aber er schien hier nie wirklich angekommen zu sein, zumindest sagte sie es so. Ich solle auf keinen Fall anfangen, ihm Fragen zu stellen, er würde dann ewig erzählen – er sei einfach ein wehleidiger Typ und ganz anders als ihre Mutter im Iran, die sie eines Tages besuchen wolle.

Es roch würzig und fremd im Betonhäuschen, es schien eine Mischung aus Schweiß, Waschmittel und einem speziellen Irangewürz zu sein. Ich stellte mir vor, dass es im Iran überall so roch, und es war so, dass der Duft auch ein bisschen zu Ana gehörte und dass er etwas leicht Beschämendes hatte, das ich aber mochte. Etwas, das einem den Magen auf eine gute Art durcheinanderbrachte. Ihr richtiger Name war Anahita und passte auch dazu – ich sagte ihn manchmal, damit sie mich trat oder mir ihren spitzen Ellenbogen in die Seite rammte.

«Stimmt es, dass du an SEELENVERWANDTSCHAFT glaubst? Robert hat erzählt, dass ihr beide seelenverwandt seid und dass ihr in eurem gruseligen Haus später ein Hotel aufmachen wollt. Weil er das so in seinen Träumen gesehen hätte und weil du das auch so sehen würdest.»

«Natürlich nicht. Ich will hier so schnell wie möglich weg», sagte ich.

«Ich auch. Hätte auch nicht gedacht, dass das stimmt. In eurem beschissenen Haus!»

Sie kickte Steine weg und ging ganz fröhlich über die Geröllhalde voraus. Ich fand es gut, dass sie so normal und schön war. Sie sagte, Robert sei ganz okay, aber innerlich einfach noch zu jung, und Frances und ihr Vater kämen ihr irgendwie ähnlich vor, weil sie beide verkorkst seien und mit niemandem was zu tun hätten. Wir beide könnten wenigstens normal miteinander reden, das sei sehr viel wert.

«Gehen wir wieder Bier holen?», sagte ich.

«Ja, pass mal auf», sagte sie, «wir gehen heute wieder zur TANKSTELLE. Heute ist nämlich der eine Typ an der Kasse, kennst du den? Den Dicken? Er heißt Erik. Ich hatte mal Sex mit ihm.»

Ich sah sie an. Sie ging einfach weiter. Ihr Gesicht blieb ruhig, als hätte sie nur was Nebensächliches gesagt. Ich wusste nicht, ob ich es glauben sollte – der Tankstellenmann, den ich kannte, war ungefähr vierzig. Es war ein Rock-'n'-Roll-Typ mit geligen Haaren und Koteletten, der etwas Behindertes an sich hatte. Robert hatte gesagt, dass er im Heim wohne und dass der Job eine Hilfsmaßnahme sei.

«Du meinst den Elvis-Presley-Typen?»

«Genau, Elvis Presley, aber er heißt Erik, ERIK PRESLEY.»

Sie lachte. Es kam ganz hell aus ihr raus.

«Ist der nicht zu alt für dich?»

«Im Gehirn ist er jünger, wie Robert. Außerdem war es doch nur aus Versehen, weil wir besoffen waren. Ich hab Bier gekauft, und dann haben wir ein paarmal im Hinterraum gesessen, und an dem Abend haben wir Apfelkorn getrunken, und ich hab im Hinterraum auf dem Boden geschlafen. Dann kam es so, aber sowieso nur halb, es war nur HALB.»

«Halb?»

«Wir lagen nur nebeneinander, und ich wollte gar nicht, aber dann hat er schon rumgespritzt.»

«Warum?»

«So halt.»

Sie lachte wieder. Mir fiel nichts dazu ein. Sie war grade erst sechzehn geworden, wie ich, und es war klar, dass der Tankstellenmann etwas Illegales gemacht hatte, wie auch immer es genau ausgesehen hatte. Andererseits lächelte sie. Ich sagte mir, dass es am Ende sogar ein gutes Zeichen für mich sein könnte, vielleicht bedeutete es, dass sie einfach grundsätzlich gerne Sex hatte; und ich war ja immerhin nicht behindert.

«Hinterher ist er dann herumgekrochen und wollte mir unbedingt was zu essen machen, obwohl ich gar keinen Hunger hatte!»

«Herb.»

Erik Presley stand wie immer ganz gerade hinter der Kasse und sah an die gegenüberliegende Wand. Er trug ein weißes T-Shirt und rote Hosenträger über seinem dicken Bauch, und sein Gesicht war speckig, sodass seine Augen fast darin vergraben waren. Man konnte nie sehen, was er dachte. Das war es, was ich immer nervig und beängstigend gefunden hatte an ihm. Jetzt sah er uns nervös an und dann über uns hinweg, als könnte er sich unsichtbar machen, indem er unauffällig guckt.

«Wie geht's?», sagte Ana.

«Ja», sagte er.

«Können wir uns ein paar Bier mitnehmen?»

«Ja, Bier, in Ordnung, richtig.»

Ich ließ mir ein paar Plastiktüten von ihm geben und packte Schnapsflaschen ein. Anas Stimme klang wie die eines freundlichen Kindes, sie redete sehr hell und nett mit Erik, und ich dachte, dass es für ihn dadurch, auch wenn er es natürlich verdient hatte, noch viel trauriger wurde.

«Nicht viel los heute, oder?», sagte sie.

«Nein. Nein. Nicht viel los. Nie», sagte Erik.

«Und sonst? Wie geht es dir denn so?»

«Nie. Ja.»

«Und sonst?»

«Ja.»

Ich packte Alkohol, Sonnenbrillen, Schlüsselanhänger, Chips und Pornohefte ein – die blaue Bomberjacke aus dem Hinterraum zog ich gleich an, obwohl sie mir zu groß war. Wenn ich zwischendurch Eriks Gesicht sah, war es ganz ausdruckslos, er fühlte sich wahrscheinlich nicht gut, aber man sah es nicht – er konnte genauso gut gerade jetzt den glücklichsten Moment seines Lebens haben. Ich stellte mich vor ihn hin.

«Was denkst du so, Erik? Was magst du so im Leben? Magst du den Sänger *Elvis Presley*?»

«Ja, ja.»

«Ja, oder? Du siehst nämlich genau aus wie er, oder? Du siehst doch genau aus wie Elvis Presley?»

«Ja.»

«Aber du machst nie einen Gesichtsausdruck. Du machst immer genau das gleiche Gesicht, Erik. Man sieht überhaupt nicht, ob du was denkst.»

«Ja. Nein.»

Er sah seine Hände an, und dann sah er zu mir. Und es war so, dass es tatsächlich überhaupt keinen Spaß machte, mit ihm zu reden. Je länger man ihn ansah, desto weniger sah er aus wie Elvis Presley – aber dann, für eine seltsame Sekunde, sah er plötzlich doch wieder sehr aus wie Elvis Presley. So unklar war dieses Gesicht.

Ich überlegte, ob es vielleicht daran lag, dass ein leichtes Flackern vorhanden war in seinem Bild, dass sich sein Bild in meinem Gehirn noch nicht ganz ausgerechnet hatte. Ana hatte gesagt, dass sie es auch so sehe wie ich, dass man es sich auf diese Weise vorstellen müsse, dass sich alle Dinge so zusammensetzten im Kopf.

Vielleicht könnte er, dachte ich, wenn ich meine Phantasie für ihn einsetzen würde, doch noch zu Elvis Presley werden, vielleicht könnte ich sein Bild zum Besseren wenden, wenn ich wollte. So aber blieb er in seiner Tankstellendimension und war doch nur *Erik* Presley.

Ana hatte sich zwischen den Gängen niedergehockt – sie lächelte mich an und pisste einfach in die Tanke. Ich sah ihr nur in die Augen, und sie fixierte mich auch, während die Pfütze sich auf dem Boden ausbreitete. Alles Mögliche war in ihren Augen zu sehen, ganz anders als bei Erik; ich sah, dass sie sich etwas schämte und es trotzdem witzig fand, dass sie über mein Gesicht lachen musste und gleichzeitig überlegte, was ich jetzt dachte.

5

Während Robert die ganzen Sommermonate an der Landstraße und am Waldrand herumstrich. Wir sahen ihn nachmittags von unserer Grube zwischen den Rapsfeldern aus, aber er blieb meistens weit entfernt stehen und sah nur stumm zu uns rüber. Manchmal sah es aus, als würde er sich Notizen machen und uns heimlich mit seinem Fernrohr beobachten, mit dem er nachts den Sternenhimmel absuchte. Wenn ich ihn darauf ansprach, stritt er es aber ab; er habe nur Vögel beobachtet und Meisenknödel in die Bäume gehängt, weil er naturverbunden sei und sinnvolle Dinge tun wolle, ganz im Gegensatz zu uns – wir würden uns ja immer nur in unserer Schweinegrube wälzen und den Tequila trinken, den wir vorher bei dem armen Elvis-Presley-Mann geklaut hätten.

«Woher weißt du das denn?»

«Ich weiß es eben!», sagte er. «Überhaupt, du solltest mir dankbar sein, du solltest froh sein, dass ich noch manchmal für dich bete. Man kann nämlich nicht einfach total hinterhältig und hedonistisch werden und glauben, dass Gott einem trotzdem immer beisteht! Wenn du mich nicht hättest, sähe es schon ganz anders aus!»

Es war offensichtlich, dass er sein Gerede teilweise von Frances übernahm, es war genau das, was sie auch immer sagte: Die ganze westliche Zivilisation war hedonistisch und verdorben.

Dabei war unsere Grube gar keine Schweinegrube, sondern ein gemütliches Quartier, in dem sich Ana außerdem kaum anfassen ließ. Wir waren vom Saufen albern, schläfrig und weich, aber sobald ich ihr eine Ameise vom Arm nehmen wollte oder sonst wie näher rückte, rückte sie wie zufällig weg. Sie fing irgendein Thema an, redete unvermittelt von ihrer Mutter oder von unserem Plan, hier abzuhauen.

«Wir müssen es uns einfach TRAUEN», sagte sie. «Wir müssen es einfach planen und anschließend MACHEN. Die meisten Menschen verstehen gar nicht, was man alles tun kann, sie beschränken sich schon in ihrem EIGENEN Kopf!»

«Denke ich auch», sagte ich.

Und ich versuchte herauszuhören, ob sie damit eine Anspielung auf uns beide machte, wie wir hier saßen, ob sie es nicht doch gut fände, wenn ich mich noch stärker bemühen würde. Aber wenn es grade so geklungen hatte, redete sie doch wieder ganz konkret von unserer Flucht. Davon, dass wir bald lostrampen sollten. Richtung Istanbul. Von dort aus nach Teheran zu ihrer Mutter.

«Und vorher sollten wir noch mal die TANKSTELLE ausrauben, aber diesmal so richtig, im Ernst! Einfach, um ein bisschen Startgeld zu haben und dann loszustarten mit unserem FREIEN WILLEN. Glaubst du nicht daran? Ich schon, steht doch auch in deinem Buch über AUTOSUGGESTION. Man muss so einen Plan nämlich einfach im Kopf HERANZÜCHTEN, und wenn man genug Kraft hat, wird es dann auch was.»

«Ja, man muss es einfach nur tun», sagte ich.

«Abgemacht!», sagte sie. «Wir räumen die Tankstelle noch mal aus!»

Dann wieder lief sie einfach weg, für einen Nachmittag, sie sagte, ich solle mir keine Sorgen machen, sie wolle nur unseren Fluchtplan zu Ende denken – allein, weil sie allein besser denken könne. Ich saß mit ihrem Vater am Küchentisch, trank Bier und wartete auf sie. Ich wusste inzwischen, dass er Omid hieß, und es gefiel mir ganz gut, seine Geschichten anzuhören – sie brachten einen gedanklich aus der Einöde weg. Er hatte wie immer schon ein paar Bier drin, zupfte an seinem Unterhemd und erzählte von Teheran und wie er dort jeden Morgen zur Schule gegangen war und heimlich Flugblätter von seinem Vater auf die Bänke legen musste – verbotene Flugblätter der Kommunisten.

Ich stellte mir vor, wie er als Junge ausgesehen hatte, klein und drahtig und mit dem amerikanischen Softeis in der Hand – wie es über die Finger lief, in der Sonne, und wie er nachmittags damit im Kino saß und sich Filme ansah, in denen Explosionen und Frauen vorkamen. Einmal erzählte er von dem Tag, an dem er sich mehrere Filme hintereinander ansah, bis er plötzlich ein ganz schlechtes Gefühl hatte, als ob er dringend nach Hause laufen müsse, und wie er dann nach Hause lief und seinen Vater tot auf dem Sofa liegend fand. Er war angeschossen worden und dann verblutet. Und wie er anschließend weiterlief, mehrere Wochen lang. Es gab irgendeine Tante am Kaspischen Meer, bei der er unterkommen sollte, aber die war auch tot oder weg, weil eine Revolution oder ein Krieg anfing, und da in der Nähe, in einem Wald, traf er auf Anas Mutter.

Ich stellte mir vor, dass sie genau wie Ana war, es klang danach, so wie er sie beschrieb: wie sie fröhlich vorauslief zwischen den Granatapfelbäumen und wie sie sich in alten Kühlschränken versteckten, die in diesem Wald rumlagen.

Er erzählte von Polizisten, die ihm in den Magen traten, weil sie ihn beim Küssen gesehen hatten, und wie er dachte, dass man ihn auf dem Schrottplatz an einem Kran aufhängen würde, aber dann hängte man ihn doch nicht auf, und später kam Anas Mutter aus einem der Kühlschränke und lachte, als hätte sie keine Angst gehabt. Oder wie sie in einer Laube Wein herstellten: Sie stampfte barfuß in Kübeln herum, und er füllte den Wein in Flaschen, und dann fuhren sie im Auto zum Männerbadestrand und verkauften Obst in Tüten. Und die Männer konnten gar nicht genug kriegen von den Zitronen und Orangen, und noch weniger von dem Wein, der unten in den Papiertüten mitverkauft wurde, das war eine von Simins mutigen Ideen. Wenn Polizisten kamen, drehte sie die Kassette mit der verbotenen Musik einfach um, sodass stattdessen Koranverse zu hören waren. Dann wurde sie schwanger mit Ana. Es war anscheinend so, dass wieder Krieg ausbrach und dass Omid eingezogen werden sollte, und deshalb wollten sie flüchten, in eine Zukunft hinein, die sie sich besser vorstellten. Aber seitdem, sagte er, sei eigentlich alles immer schlechter geworden für ihn – ich verstand nicht jedes Detail.

«Wie kommt es überhaupt, dass Simin im Iran geblieben ist, haben Sie sich einfach so getrennt?»

Er sah mich an, als hätte er mich gerade erst entdeckt. Dann griff er hinter sich und machte den Kühlschrank auf und stellte ein Plastikschälchen mit öligen Weinblättern auf den Tisch, von denen wir beide nichts aßen. Ich wollte ihm weitere Fragen stellen, ich fand, dass das Ganze eigentlich aufregend war, zumindest der Anfang der Geschichte – es kam mir eher romantisch als traurig vor: dass man heimlich Wein verkauft und sich so versteckt liebt und am Strand rumläuft. Und ein bisschen kam es mir auch vor, als wäre es mit Ana und mir dasselbe, weil sie wahrscheinlich wie ihre Mutter war und weil wir auch abhauen wollten. Aber ich stellte keine Fragen mehr, ich merkte schon, dass er es nicht wollte. Als Ana kam, war er betrunken und murmelte nur noch in sich hinein.

6

Kurz bevor wir die Tankstelle das zweite Mal überfielen, war Ana plötzlich weg, von einer Sekunde zur nächsten, mitten im Wald. Wir wollten zum Waldsee, weil Erik nach der Arbeit immer dort vorbeikam und weil wir noch Fotos mit ihm machen wollten, bevor wir ihn ausrauben würden. Ana hatte ihre Plastikkamera von zu Hause geholt, wir wollten ihn dazu bringen, ein bisschen für uns zu strippen und zu posieren.

Als ich vorsichtig weiterging, lag ein unangenehmes Brummen in der Luft, es kam von den Libellen, die über der Lichtung hingen. Ana war gar nicht weit gerannt. Sie lag am anderen Ende der Lichtung auf ihrer Decke, aber für mich war sie immer noch verschwunden, ich sah keine Sekunde zu ihr hin. Ich betrachtete nur diese Waldlibellen, die so groß und starr waren, die einfach in ihrer Formation blieben, als würden sie auf etwas warten. Sie waren türkis und violett. Ihr Brummen war viel zu laut.

Ana war nackt, ich hatte es schon gesehen.

Sie war einfach vorgerannt und hatte sich ausgezogen und hingelegt. Das war alles – aber sie war eben nackt, und deshalb konnte ich mich nicht bewegen und nicht gucken.

Irgendwann, später, saß ich mit etwas Abstand bei ihr auf der Decke. Sie lag die ganze Zeit auf dem Bauch und hatte die Augen geschlossen, bewegte sich kein Stück. Als wollte sie, dass ich glaube, sie schläft. Ihre Schultern waren von der Sonne gerötet, im Nacken hatte sie feine Härchen, die etwas heller waren, fast bräunlich. Insgesamt kam sie mir irgendwie größer vor.

Ich hauchte mir gegen die Hand und prüfte, ob ich Mundgeruch hatte.

Dann rückte ich ein Stück von ihr weg.

Während ich so dasaß, längere Zeit, auf diesem harten Boden mit den Wurzeln, bekam ich Bauchschmerzen und dachte an meine Mutter, daran, dass sie mich sehen könnte, was ich widerlich fand. Ich glaubte kein Stück daran, aber der Gedanke war da und ließ sich nur langsam wegschieben.

Ana war anders schön als sonst. Mit den geschlossenen Augen hatte sie ein etwas fremdes Gesicht, und ihre Haut war insgesamt viel heller als die Teile davon, die ich schon kannte. Erst nach einer Ewigkeit, als ich gerade dachte, sie schläft wirklich, bewegte sie sich.

«STREICHELN.»

Ich fing vorsichtig an, die Härchen an ihrem Nacken zu berühren. Aber irgendwie machte ich es ungeschickt, und sie nahm meine Hand und rollte sich ein. Und ich lag hinter ihr und wunderte mich über den Geruch. Es war etwas gleichzeitig Warmes und Unglücklichmachendes darin. Sie zupfte so an mir herum, dass klar war, dass ich mich auch ausziehen sollte – und während ich es tat, setzte sie sich auf mich drauf, und als ich die Augen aufmachte, waren ihre Brüste in meinen Händen und ihre Haare in meinem Gesicht. Sie schien es genau so geplant zu haben. Es gab ein leises Schmatzen, und sie war neben mir oder doch wieder auf mir, und dann war sie doch unter mir, und ihr Kopf ruckte langsam vor und zurück.

Und sie schrie.

Sie sagte, ich solle sie nicht in die Wurzeln reinficken.

Aber als sie zur Seite gerückt war, wurde sie wieder weicher, sie zog mich auf sich drauf und sah mir dabei in die Augen, etwas erschrocken, als hätte sie mich eben erst bemerkt. Ich wollte mich entschuldigen, aber ich merkte, dass ich weitermachen sollte und dass etwas Glasiges in ihren Blick kam – ein dunkler Ton kam dazu aus ihrem Mund. Sie stöhnte mir mit offenen Augen direkt ins Gesicht.

Und plötzlich waren wir schwitzig und fleischig wie Schweine.

Ihre Beine klammerten sich fest um meinen Rücken, und sie sagte mir ins Ohr, dass es jetzt gut sei, dass ich diesen Rhythmus beibehalten solle, und ich versuchte, irgendeinen Rhythmus beizubehalten, und dann waren wir fertig. Aber irgendwann machten wir es noch mal halb. Und danach lagen wir verklebt ineinander, und die Libellen waren immer noch da.

Ich sagte, dass ich es mir so auf keinen Fall vorgestellt hätte, nicht so plötzlich und nicht so schön und nicht so merkwürdig klatschend, obwohl es eben sehr gut gewesen war, aber eben auch traurig gut und klebrig, obwohl ich überhaupt nicht genau wusste, was ich damit meinte. Sie sagte, dass es in so einer Situation so sei, dass man nicht unbedingt reden müsse.

Erst viel später an diesem Tag kamen wir am Waldsee an. Wir lagen im weichen Gras am Ufer, und wenn wir uns ansahen, lächelten wir anders als sonst, etwas länger und vertrauter, und ich dachte daran, dass wir es geschafft hatten und dass es uns vielleicht für immer aneinanderschweißen würde. Klar war, dass es heute nicht noch mal passieren würde und dass jetzt auch nicht die ganze Zeit darüber nachgedacht werden sollte. Ana schien es nicht zu wollen: Plötzlich setzte sie sich auf und fing an, wieder betont normal zu reden.

Über die Dokumentarfilme, die sie eines Tages drehen wollte. Über eine Radiosendung, in der es um den Widerstand in Teheran gegangen sei. Oder über meine Nichtblinzeltechnik, die sie nicht richtig verstand.

«Was soll denn das bitte für eine STRUKTUR sein, die du da immer sehen willst? Es ist doch so, dass alles erst im Auge entsteht, wusstest du das nicht? Alle Bilder entstehen im Gehirn. Da kannst du genauso gut die Augen ZUMACHEN, anstatt nicht zu blinzeln!»

Aber es war gar nicht wichtig, darüber nachzudenken, weil sie schnell wieder bei einem anderen Thema war. Weil sie einfach ihrer eigenen Stimme folgte, um so zu tun, als würde sie gar nicht mehr an vorhin denken. Und während ihr grünes Haargummi blitzschnell von ihrem Handgelenk in ihre Haare wanderte und während sie von Gehirnen und Träumen erzählte, stellte ich mir vor, dass ich in ihr drin gewesen war. Und dass es etwas ausgelöst hatte, das sie jetzt dazu brachte, mich besonders sachlich anzusehen. Sie schien es einfach nicht zu mögen, wenn man andauernd herumlächelte, und als sie sich die Lippen mit Labello einrieb, machte sie es auch ganz zackig – als sollte es unter keinen Umständen schön aussehen. Was aber grade gut aussah. Sodass ich anscheinend doch wieder lächelte.

«Jetzt guck mir doch nicht die ganze Zeit LÄCHELND auf die LIPPEN», sagte sie. «Dann kann ich überhaupt nicht mehr reden!»

Aber sie redete trotzdem weiter, und ihre Wangen wurden schon rot, weil sie zu wenig Luft holte beim Reden, und ich stellte mir vor, dass es Bilder in meinem Gehirn waren, die ich sah, schöne Bilder: das pinke Badehandtuch, ihre aufgeschürften Knie, die Pumpbewegungen ihrer Hand, mit der sie ihre stolpernde Stimme begleitete. Als wollte sie sich abbremsen, weil sie wieder zu schnell geworden war beim Reden.

Ich dachte, dass ich sie vielleicht doch noch mal küssen sollte, dass es jetzt so weit war, dass man sich doch noch mal ausziehen könnte. Aber in dem Moment hörten wir einen Schrei:

«WEG!»

Erik Presley stand am anderen Ufer. Er sah uns erschrocken an und hob die Hände, als würden wir mit einer Pistole auf ihn zielen, aber es war gar nicht wegen uns, es war wegen Robert: Er lief vor und zurück und schlug hektisch mit einem Stock auf ihn ein. Erik drehte sich hilflos mit erhobenen Händen hin und her, und Robert schlug drauflos und versuchte, ihn im Gesicht zu treffen, und dann umklammerte er ihn plötzlich und wollte ihm anscheinend ein Bein stellen und ihn umreißen, obwohl Erik mindestens das Dreifache von ihm wog.

«SPION! SPION!»

«WEG!», rief Erik.

Ana war auch aufgestanden. Robert schien völlig durchgedreht zu sein: Er hatte jetzt wieder seinen Stock, schlug Erik voll ins Gesicht, und Erik taumelte zur Seite und legte den Kopf in den Nacken, und das Blut floss wie Wasser aus seiner Nase, ehe er Robert endlich mit einer Hand wegschubste und stolpernd zwischen den Büschen verschwand.

Robert starrte zu uns rüber, als wäre er plötzlich gelähmt.

Als wüsste er selber nicht so genau, was er da gerade gemacht hatte.

«Was ist los? Bist du verrückt?», rief ich.

«Erik hat euch beobachtet, er hat euch verfolgt!»

«Unsinn, er kommt immer nach der Arbeit hier lang. Du bist der, der uns die ganze Zeit beobachtet!»

«Nein, nein, er hat euch verfolgt. Sie verfolgen euch jetzt alle!»

7

Es war so, dass er ernsthaft verrückt wurde, während ich meinen Rucksack packte und mit den Gedanken schon woanders war. Mit zwölf Jahren war er schon mal drei Monate in der Jugendpsychiatrie gewesen, er hatte es mir selbst erzählt, wobei er es *Kur* genannt hatte, als ginge es eher um eine Verspannung als um eine wirkliche Krankheit. Frances wirkte besorgt, wartete aber noch ein paar Tage ab, bevor sie Termine beim Psychiater machte. Ich nahm an, dass ihr Zögern mit etwas Esoterischem zusammenhing, dass sie seine Krankheit am liebsten auch als eine Verspannung sehen wollte, als etwas Energetisches, das sie mit ihren Kräutern behandeln könnte, bevor sie einsah, dass sie aufgeben und richtige Medikamente besorgen musste.

Er stand auf der Geröllhalde und nahm Dinge wahr, die es nicht gab. Er betrachtete die in der Sonne glitzernden Glasscherben, und als ich dazukam, fragte er, was dieses Muster bedeute, das hier angeordnet worden sei. Ich sah mir die Scherben an, aber ich konnte kein Muster erkennen, es waren einfach die Scherben mehrerer Flaschen, bunt und chaotisch.

«Wer soll denn hier Muster gelegt haben?»

«Die Städter, die Städter mit ihrem Zungensexschleim. Diese Leute eben, die immer ihre Scherben auslegen. Und dann kommst DU mit deinen Fingerstückchenantennen und verstehst es nicht.»

Das Einzige, was ich verstand, war, dass er sich eine eigene Sprache ausgedacht hatte. Völlig unverständliche Sätze kamen neuerdings aus ihm raus, und sie hatten meistens einen ekligen, bedrückenden Klang, so als hätte man sie in einem vergessenen Albtraum schon mal gehört. Als gebe es dahinter einen ganz bestimmten, betörenden Sinn und als liefe man Gefahr, diesen Sinn zu verstehen und sich dadurch angesteckt zu haben. Im nächsten Moment redete er dann wieder ganz normal, aber sein Blick war immer noch entrückt. Ich sah auch, dass seine Fingerkuppen vernarbt waren vom übertriebenen Fingernagelschneiden und Feilen.

Nachmittags saß er alleine auf seinem Klappstuhl in der Gartenlaube und schnitt Grimassen und gestikulierte, um dann unvermittelt in die oberen Ecken der Laube zu starren, als würde sich da etwas bewegen. Ich sah ihm durch das Plexiglasfenster zu, und wenn er so plötzlich in die Ecken sah, musste ich auch hinsehen – er konnte einen tatsächlich anstecken –, aber da gab es natürlich nichts außer Spinnennetzen.

Ich sagte: «Pass mal auf, Robert, was soll das? Setz dich doch mal kurz zu uns in die Grube und erklär mal ganz genau, was du denkst.»

«Na, also die Städter», sagte er. «Sie verändern alles von innen mit Signalen. Du merkst es nur noch nicht. Aber du kannst nicht einfach so herumlaufen und denken, Ana ist deine Mutter, und dann mit ihr Schweinesündenspiele machen. Du musst dich schützen. Wir müssen alle viel vorsichtiger sein. Sie wollen sich in deine Gesichter einwickeln.»

«Merkst du nicht, dass du Schwachsinn redest? Du benutzt doch total komische Sätze, oder?»

«Sie haben euch schon eure Gesichter abgeflacht. Deshalb seid ihr blind und verändert.»

«Wie sollen sie uns denn verändert haben?»

«Über die Fingernägel und die Haare. Sie leiten ihre Signale in die Luft, und von dort aus gehen sie in eure Hornsubstanz. Ich habe Angst.»

Er wirkte erschrocken. Als zwänge ihn etwas, diesen Schwachsinn auszusprechen, weil es in einer bestimmten Dimension vielleicht wirklich so war, wie er es ausdrückte. Ana meinte aber, dass man sich gar nicht erst darauf einlassen dürfe.

«Pass auf, Robert», sagte sie. «Alles nach der Reihe, okay? Also, du verstehst es doch, du hast Angst, weil du merkst, dass du eigentlich Schwachsinn redest, oder?»

«Ja, ich habe Angst.»

«Und du machst dir Sorgen und willst mit uns drüber reden, damit wir überlegen können, was wir dagegen tun?»

«Ja, genau.»

«Und du weißt, dass dir eigentlich niemand Signale über deine Fingernägel in den Körper leitet und dass es Unsinn ist, wenn du dir deshalb die Fingerkuppen verstümmelst?»

«Nein.»

«Nein?»

«Nein, es ist, weil sie euch schon abgeflacht haben. Sie wollen euch von innen eure Chromosomengesichter abraspeln. Er kommt immer näher.»

Die gelb leuchtenden Pillen, die Frances in einer mit Blumenmustern verzierten Holzbox aufbewahrte, wirkten relativ schnell, was ich eigentlich auch wieder beängstigend fand. Man konnte sich plötzlich nur noch vorstellen, dass es sich ins Extreme gesteigert hätte. Schon nach einer Woche sagte er kaum noch Sätze, die vollkommen unsinnig waren. Dafür bewegte er sich langsamer und lief neuerdings immer mit dem Anglerhut durch die Gegend, den er auf dem Dachboden gefunden hatte – es kam mir vor, als wollte er sich etwas Kesses hinzufügen, jetzt, wo er sich als verrückt entpuppt hatte. Als wollte er damit sagen, dass er einfach ein origineller Typ ist, der gerne mal etwas Abweichendes bringt.

Etwas richtig Verrücktes kam nur noch ein allerletztes Mal beim Abendbrot aus ihm raus. Er meinte, dass Frances und ich mit unserem Besteck kommunizieren würden, dass wir uns kleine Klackgeräusche senden würden – aber er sagte es sehr leise und ohne Überzeugung. Es klang, als hätte diese wirre Stimme in ihm noch einen letzten Versuch machen wollen, als wären es ihre letzten Worte gewesen, die aus seinem Mund gekommen waren.

8

Die Augen zulassen. Ich hatte es mir als Befehl ins Bewusstsein gesetzt, in der Nacht unserer Flucht. Ich lag auf dem Gästebett und konzentrierte mich auf das, was gleich kommen würde. Ich stellte mir vor, wie sich mein Rucksack gleich auf dem Rücken anfühlen würde: kompakt und fest und nach einer Weile dann nass und schwer, weil es draußen regnete. Ich stellte mir den Wind vor und wie meine Füße im Schlamm einsinken würden; das blaue Licht der Tankstelle und wie wir sie ausrauben würden.

Und dann dachte ich, dass es erstaunlich war, *dass es jetzt so ist*, dass ich hier durch den Regen laufe mit den Daumen unter den Riemen meines Rucksacks. Dass die Ideen aus meinem Kopf sich in der Wirklichkeit ausbreiten. Während das Lachen in der Dunkelheit aber keine Idee war und auch nicht aus mir selbst herauskam, sondern aus Ana, die dort ganz deutlich stand und ganz deutlich nach mir rief.

Tyrhkrdn

1

Um mich herum setzt sich der Raum zusammen, als ich zu blinzeln beginne: der weinrote Teppich, die lehmfarbenen Wände, Abu und Robert, die noch einen Moment verschwommen sind, bevor sie eine feste Form annehmen.

Bevor sich alles wieder zusammengesetzt hat.

Und zwar auf die genau richtige Weise, denke ich, denn Abu hat mit diesem Menschen namens Tyrhkrdn telefoniert, der uns zu Ana bringen wird, und wir werden ihn um zwei Uhr nachts treffen, in neun Stunden. Ich bin so erleichtert, dass ich kurz Angst habe, doch nur zu träumen, aber ich blinzle und blinzle, und hier sind wir ja, ganz deutlich in diesem Haus aus Lehm. Robert ausgestreckt auf dem Teppich, noch müde von der langen Nacht, Abu mit dem Deutschland-Bildband, das Kinn in der Hand. Und ich, denke ich, mit diesem Körper und diesen Beinen, in diesem Flammenhemd, vor meinem Tee.

Was hat Tyrhkrdn gesagt?

Dass wir uns keine Sorgen machen sollen, dass es Ana und ihrer Mutter gutgeht, dass er uns zu ihnen führt, wenn wir versprechen, mit niemandem darüber zu reden, und zwar wirklich mit *niemandem*, hat Abu übersetzt.

Anas Gesicht – es entsteht als ruhiges Bild vor meinem inneren Auge, sie hat eines dieser Gesichter, die sofort abrufbar sind, fotorealistisch; ich stelle mir vor, wie sie gucken wird, wenn sie mich sieht. Offenbar steckt sie nicht wirklich in großen Schwierigkeiten, zumindest klingt es nicht danach. Trotzdem *notwendig*, dass ich jetzt bei ihr bin, denke ich. Dass ich jetzt ihre Mutter und ihr Mutterland sehe. Es folgt wahrscheinlich irgendeinem Muster, auch wenn man so was nicht ganz durchschaut, einer Kettenreaktion, die mit dem Tag unserer Flucht begonnen haben muss. Auch Abu sagt, dass es bei so was immer Zusammenhänge gebe, die sich einem nicht sofort erschließen.

Wobei es kurz klingt, als fände er es eigentlich gar nicht erstaunlich, dass es so einfach ging. Als hätte er doch von Anfang an etwas mehr gewusst. Aber das liegt sicher an meiner Aufregung. Vollkommen falsch, jetzt irgendwas in Abu reinzudenken, sage ich mir.

Dass eben alles einer Ordnung folge, wie sie dem Schöpfer gefalle, erzählt er uns jetzt. Wobei er aber schon lange kein Moslem mehr sei, das nicht, damit wolle er nichts mehr zu tun haben – er meine einen allgemeinen Gott. Nichts mit dem Propheten. Erst recht nicht, nachdem er hier im Gefängnis gesessen habe.

Dabei lächelt er uns an.

Es sei so, dass er es bisher nicht erzählen wollte, damit wir uns keine übertriebenen Sorgen machten wegen Ana. Aber jetzt, da sich die Situation geklärt habe, könne er es ja tun – nämlich sei er vor zwei Jahren auf offener Straße festgenommen worden. Weil er mit einem Freund über eine Kleidervorschrift gelästert habe. Und dann sei er in eine Zelle gekommen und habe dort sechs Wochen gesessen, und nur alle paar Tage hätten sie ihm einen schwarzen Brei durch die Klappe reingegeben. Und einmal am Tag hätte er ins Verhörzimmer gemusst, sie hätten ihn beschuldigt, *Fuck Khomeini* gesagt zu haben, dabei habe er das gar nicht gesagt, und dann hätten sie Zigaretten auf ihm ausgedrückt. Und ihn auch an den Füßen aufgehängt und mit Stöcken geschlagen.

Robert und ich sehen uns an.

Es wird immer extremer, was er uns da ganz unbekümmert erzählt, er steht sogar auf und macht uns zur Veranschaulichung Turnübungen vor, als führte er eine lustige Kindergeschichte vor: *So* hätten sie ihn immer an der Wand festgekettet, und *so* hätten sie ihn dann in der Maschine festgeschnallt.

«Maschine?»

«Natürlich, natürlich, die Drehmaschine!»

Er steckt den Kopf zwischen die Beine – *so* etwa hätten sie ihn nämlich in diesem Rad festgegurtet und gedreht, und er habe ohne Ende gekotzt und gedacht, dass er hier sterben werde. Und die Tage seien ihm durcheinandergeraten, weil er so oft ohnmächtig gewesen sei – aber nach sechs Wochen hätten seine Eltern dann endlich rausgekriegt, wo er war. Sie hätten hinter einer dicken Glasscheibe gesessen und ihn gar nicht erkannt, wegen dem verquollenen Gesicht, aber dann eben doch, und beide hätten sie geweint, sogar sein Vater. Sie hätten Nassir Chan benachrichtigt, hieß es – und am nächsten Tag sei Nassir Chan wirklich gekommen, wie eine Halluzination habe er ausgesehen in seiner alten Generalsuniform. Alle hätten vor ihm salutiert, und er habe so eine strenge Art vorgespielt und ihn ausgeschimpft, um ihn rauszubekommen – und dann habe er ihn gestützt, und man sei zusammen nach draußen gehumpelt. Aus dem Gefängnis raus. Es sei Abend gewesen, seine Eltern hätten auf der Straße gewartet.

«Danach hab ich zwei Wochen im Krankenhaus gelegen, und meine linke Hand kann ich bis heute nicht richtig bewegen, aber was ich euch vor allem sagen wollte, ist, dass ich gerettet wurde, okay? Von Nassir Chan und weil ich gebetet habe und weil sich alles so entwickelt hat, wie es musste! Genau so, wie ihr jetzt hier sitzen müsst, damit wir uns später mit Ana treffen. Das meinte ich. Das ist alles folgerichtig.»

Robert bringt es fertig, wissend zu nicken. Als könnte er ganz genau einordnen, was Abu da erzählt.

Ich frage, was genau das zu bedeuten habe – welche Kontakte es eigentlich seien, die seine Familie zu Anas Familie hatte. Aber Abu winkt ab und sagt, diese Gefängnissache habe damit nichts zu tun, es gebe nur diese frühere Bekanntschaft zwischen seiner und Anas Mutter, das sei alles.

Dann steht er auf und macht Musik an. Er sagt, er wolle auf keinen Fall, dass wir jetzt verwirrt oder schockiert sind, es gehe ihm ja wieder gut, ob wir nicht sehen würden, wie gut es ihm gehe?

Und es stimmt wohl, er sieht ganz heiter und lebendig aus, aber das macht die Sache noch seltsamer: der unschuldige Abu in seinem Fleecepullover. Die Wärter mit den Schlagstöcken. Als würde um mich herum plötzlich eine undurchsichtige Nachrichtenwelt entstehen, eine noch kompliziertere Stadt, mit der ich nichts zu schaffen habe – in der es Zusammenhänge gibt, die aber sicher nicht meine Zusammenhänge sind. Und in die man sich auch besser nicht zu tief einmischen sollte. Während wir hier bei jemandem sitzen, den ich im Grunde gar nicht kenne, der uns ein Glas mit Keksen hinschiebt und sagt, dass er mir da zustimme, dass alles immer eine Kettenreaktion sei.

Auf die man einfach vertrauen müsse.

Neunzehn Uhr – noch sieben Stunden. Ich schlendere vor die Tür und wieder rein und denke: Das muss Ana auch filmen für ihre Doku, diese ganze Situation. Diese Mutter Merizadi, die mir kieksend zulacht, als ich mal wieder die Kochnische passiere. Eine Wolke kölnisch Wasser kommt von ihr rüber, während sie ihren Vorratsschrank ausräumt, sie bringt süßen Zwieback und Würfel aus kandierten Mandarinen, kommt mit ausrangierten Hemden ihres Mannes, die wir anprobieren sollen. Imitiert sein ernstes Gesicht, um im nächsten Moment wieder zu glucksen, als gehörten wir zur Familie, als hätten wir hier unseren Platz.

Oder Abu und Robert, mit Erdnüssen flitschend.

Während Abu erzählt, dass er dieses Spiel als Kind mit seiner Mutter gespielt habe, und dabei aussieht, als *wäre* er noch ein Kind, bevor er dann den Kopf dreht und doch wieder diese Fältchen um die Augen hat.

Draußen auf der Straße werden mir Nüsschen und grüne Pflaumen angeboten, einfach so, im Vorbeigehen, von erwachsenen Männern. Ich sehe wieder einen Soldaten, er steht da einfach so zwischen den ballspielenden Kindern und sieht mich ausdruckslos an, wird dann von ein paar Frauen verdeckt und ist wieder weg. Als Teil einer Gesamtsituation, die ich eben einfach nicht erfasse, versuche ich mir zu sagen, als etwas, das Abu für uns einschätzen muss.

Während mich ein paar Kinder mit Peace-Zeichen grüßen und meinen Namen nennen. Die halbe Nachbarschaft guckt mich an und scheint mich schon zu kennen. In diesem roten Staub.

Bevor wir gehen, überreicht mir Mutter Merizadi einen handförmigen Schlüsselanhänger aus Plastik, die *Hand Fatimas*, die mir Glück bringen soll heute Nacht.

Ich solle Tyrhkrdn von ihr grüßen.

2

Vollmond, hellbrauner Himmel. Wir sind aus Abus Schrottkarre gestiegen und befinden uns im Rücken der Stadt, soweit ich das begreife, ein gutes Stück von den Lehmhäusern des letzten Straßenzugs entfernt. Als wir uns noch mal umdrehen, setzt sich Abus Karre langsam rollend in Bewegung, er muss zurücksprinten, neu parken und seine Steinplatten vor die Reifen wuchten. Es ist, als wollte das Auto vor dieser Gegend hier fliehen, vor dieser toten, graubraun schimmernden Mondlandschaft.

In deren Mitte ein Derwisch auf uns wartet.

Mutter Merizadi hat es uns im letzten Moment erzählt, sie sagt, sie habe gedacht, es sei uns klar gewesen: Tyrhkrdn sei ein Pseudonym der Derwische, und den Derwisch hier aus der Gegend kenne sie sogar, wenn auch nur ganz entfernt. Der solle klug sein, eine Art halber Intellektueller. Derwisch *und* Kommunist zugleich.

Robert hat gleich eins seiner Mystikbücher rausgeholt. Ich solle ihn mal machen lassen, mit diesen Derwischen müsse man auf eine bestimmte Weise kommunizieren. Er kenne sich damit aus, er gehöre sozusagen zur selben geistigen Familie.

Wir laufen durch ein trockenes Flussbett auf ein steinernes Brückengewölbe zu, aus dem leise Gesänge hallen – verbotene Gesänge, öffentliches Musizieren ist verboten. Man hat sich offenbar zurückgezogen, tief in das schattige Gewölbe hinein, in diese kühlen, hallenden Katakomben, die sich vor uns öffnen. Ein paar Kerzen brennen, die Stimmen gehen im Chor von Wand zu Wand. Ganz vorne singt eine helle Stimme, hinten antworten mehrere tiefe; eine Subkultur, hat Abu gesagt, junge Männer, die uralte Gesänge zelebrieren, vorislamische Klagelieder, in denen es hauptsächlich um den Tod und um das Sterben gehe. Ein glattes Gesicht taucht kurz aus dem Schatten, mit dünnen Augenbrauen und schmalem Mund, ein junger, aristokratisch wirkender Mann. Flüstert etwas, führt uns ein Stück weiter, verschwindet wieder im Dunkeln.

Frauen sind offenbar keine anwesend.

Ein Tunnel voll todessehnsüchtiger junger Männer,

von denen einige Kerzen halten, sodass man ihre Rüschenhemden sieht. Gegner des modernen Lebens, sagt Abu, Leute, die Zettel mit mystischen Formeln an Fastfood-Restaurants kleben. Was Robert offensichtlich interessiert – überhaupt seien die meisten Leute hier ja noch viel traditioneller und spiritueller, hat er im Auto gesagt. Er fühle sich da sehr verbunden. Und jetzt nicken Abu und er sich zu, obwohl Abu seinerseits wieder von Kanada, Neuseeland und dem freien Leben dort geredet hat. Die beiden gehen ganz einvernehmlich nebeneinanderher. Mit ihrem völlig gegensätzlichen Gerede.

Auf der anderen Seite der Brücke wird es wieder heller. Wir treten auf eine von der Hitze des Tages noch nachglühende Sandfläche hinaus. In einiger Entfernung glimmt ein großer, ovaler Felsen.

«Dort sind wir verabredet», sagt Abu.

Wir gehen und gehen, und der Stein wird größer, und als wir da sind, sitzt da tatsächlich jemand, gleichzeitig selbstverständlich und unwirklich: ein verhärmter Greis. Die Beine weit von sich gestreckt, in der rechten Hand einen Stock mit einem langen Messer obendrauf; die Augen geschlossen. Intellektuell wirkt er nicht grade, aber eine merkwürdige Ernsthaftigkeit geht von ihm aus – er hat etwas von einer Krähe an sich mit seiner spitzen Nase und seinen grauen Fädenhaaren. Dunkel gekleidet; aus der Brusttasche seines Hemdes guckt ein Mobiltelefon, an seinem Stock scheinen Wurzeln oder Blätter herunterzuhängen – mein Herz sticht, als ich sehe, dass es *Fingernägel* sind. Der Mann hat ekelerregend lange Fingernägel an der rechten Hand, realitätsverzerrend, bestimmt vierzig Zentimeter; schon leicht geringelt um den Stock herum. Neben ihm steht eine rote Kerze in einem bauchigen Glas.

«Salam», sagt Abu.

Nichts.

Wir setzen uns erst mal hin, respektvoll mit etwas Abstand im Schneidersitz. Abu nickt ihm zu und sagt etwas auf Persisch, als er kurz die Augen aufmacht – aber dann macht er sie sofort wieder zu. Der Gesang kommt in Wellen und klingt leise nach. In der Luft und im Kopf.

Ich sage auch noch mal: «Salam?»

Keine Reaktion.

Allerdings bewegt sich sein Mund kaum merklich, als empfinge er eine Stimme, oder er summt tonlos die Lieder mit, ich weiß es nicht. Plötzlich hat er ein gekräuseltes Lächeln im Gesicht.

Lässt die Augen geschlossen, murmelt aber lächelnd vor sich hin.

«Also», übersetzt Abu. «Er wartet noch auf ein Signal.»

«Was für ein Signal?», sage ich.

«Er sagt, er muss sehen, ob wir bereit sind, mit ihm zu reden.»

«Mit geschlossenen Augen?»

Offensichtlich schon. Mit geschlossenen Augen und in Seelenruhe.

Ich mache nach einer Weile den Rücken gerade und atme ruhig, um mich nicht zu sperren, um auf keinen

Fall einen schlechten Eindruck zu erwecken, und Robert ist auch schon länger bereit, wie ich sehe: Er hat sich mit den Händen hinten abgestützt und sieht dem Derwischmann ins Gesicht. Konzentriert, aber offenbar noch nicht ganz überzeugt, überraschend kritisch. Vielleicht, weil er sich tatsächlich auskennt mit diesen mystischen Richtungen, weil er erst mal sehen will, wen wir hier vor uns haben: einen Bektaschi oder einen der Hayatis, die sich von Spinnen und Würmern ernähren sollen? Oder doch nur irgendeinen Typen, der als weiser Mann hier sitzt, während er in Deutschland schon in der Psychiatrie gelandet wäre?

Mit seinem belastenden Schweigen.

Von dem man Bauchschmerzen kriegt.

Erst nach einer Weile fängt er wieder an zu murmeln, und Abu übersetzt, dass wir willkommen seien und das Versteck von Anas Mutter im Morgengrauen erreichen werden – vorher aber unter keinen Umständen, denn er müsse erst unsere redlichen Absichten testen, ehe er das Versteck preisgeben dürfe. Das sei seine Aufgabe in der Gemeinschaft, und die nehme er ernst. Er sei ein Wächter, der niemals zum Verrat gezwungen werden könne, selbst unter Folter nicht, und deshalb sitze er an diesem Ort in genau dieser Funktion.

Als Erstes wolle er uns fragen, wo wir politisch ständen.

Und indem er das sagt, sieht er mir tief in die Augen.

Wobei ich das Gefühl habe, dass ich ohnehin von mehreren Leuten fixiert werde, dass uns jemand von der Brücke aus gefolgt ist. Zumindest gibt es Bewegungen im Dunkeln, möglicherweise auch nur Tiere, ein Wüstenfuchs oder eine Ratte – wahrscheinlich eine Ratte, sage ich mir, ich sollte mich zusammenreißen. Ich sollte eine gewisse Verlässlichkeit demonstrieren.

Räuspere mich also. Sage, dass auch ich ihn herzlich begrüße und dass wir politisch auf jeden Fall redliche Absichten hätten, also mittig ständen. Oder auch etwas kommunistisch seien, verbessere ich. Also links. Doch – dass wir eigentlich sehr links seien, sage ich, kommunistisch eben, ziemlich links und ziemlich kommunistisch. Oder rechts?

Es ist nichts zu erkennen in seinem Gesicht. Ich sage letztlich, wir seien wohl auch etwas derwischhaft und antimodern – also kritisch modernen Dingen gegenüber, rechts, genau genommen. Sehr rechts oder links.

Oder mittig.

Wenn ich überhaupt zu ihm durchdringen kann.

Aber er guckt im Grunde noch ganz tapfer, denke ich, und ich sage, dass wir vor allem einfach zu Ana wollen, dass es uns darum ginge. Und er nickt mir auch zu, und Abu übersetzt seine Antwort: Ich dürfe nun schweigen. Er habe meine Antwort zur Kenntnis genommen und wolle für unbestimmte Zeit darüber meditieren.

Robert legt mir eine Hand aufs Knie, flüstert, dass ich jetzt auf keinen Fall widersprechen dürfe, das könnte alles versauen. Er habe so was schon erwartet, schließlich müssten die Leute aus dem Untergrund immer misstrauisch bleiben, da sei es nicht ungewöhnlich, dass sie einen Kontrolleur vorschickten. Abus Gesamteindruck scheint auch erst mal ein guter zu sein. Ich nehme sein zuversichtliches Lächeln neben mir wahr, während aus dem Gesicht des Derwischmannes nach einigen Minuten eine langsame Stimme entweicht. Wie ein schleichender Wind. In mehreren Zügen. Jemand Nichtvorhandenes sei unter uns.

«Was?»

«Einer von uns ist nicht vorhanden», übersetzt Abu.

Es ist ein massives Drücken, das plötzlich in meinem Brustkorb sitzt. Ein ekelhaft krampfiges und schraubendes Gefühl um das Herz herum, weil dieser Mensch offenbar irgendeine Fähigkeit besitzt, weil er irgendwie in meiner Erinnerung gelesen hat, wie auch immer so was funktioniert: Ich laufe nachts durch Frances' Haus und denke, ich wäre nicht vorhanden. Und woher weiß er das.

Mit seinen Vogelaugen, die er jetzt langsam öffnet.

Und die spitz sind und schwarz und durchdringend und alt.

Er erklärt, dass wir noch eine sehr, sehr wichtige Sache zu regeln hätten, bevor er uns weiterhelfen könne, eine Sache, die wirklich dringend sei, denn einer von uns sei *nicht existent*, und das müsse sich erst noch ändern – dieser Nichtvorhandene müsse sich erst noch zeigen.

Ferner sei aber auch jemand Besonderes unter uns – jemand Nichtvorhandenes und jemand Besonderes, diese beiden seien hier.

Und damit guckt er erst mich und dann Robert an, und Robert hält den Blick, ganz ruhig, als hätte er genau das vorausgesehen. Überhaupt keine Regung, beeindruckend gefasst. Offensichtlich konzentriert er sich auf die Botschaft, die ihm der Derwischmann übermittelt, denn der klickert jetzt mit seinen Fingernägeln gegen den Stock, als würde er Klopfzeichen geben. Die beiden scheinen tatsächlich mit Geräuschen zu kommunizieren, ich kann es deutlich wahrnehmen, obwohl es mir abwegig vorkommt.

Plikplick. Plik. Plik.

Robert nickt.

Ich sehe zu Abu – der nickt auch in die Runde, konzentriert, damit wir hier weiterkommen. Nur wie sollen wir weiterkommen, wenn der Derwischmann jetzt wieder in sein Schweigen verfällt? In dieses kalte, physisch spürbare Schweigen? Um dann mit diesem ebenfalls kalten, gekräuselten Lächeln ausgerechnet Robert zu fixieren. Ich denke: Warum soll jetzt ausgerechnet Robert der Besondere sein, mit seinem Anglerhut und seiner Gürteltasche?

Plik.

Plikplik.

Und Robert bewegt die Oberlippe, antwortet ohne Ton, zumindest sieht es so aus, und ich sage schließlich laut und deutlich: «Wir sind nicht wegen Robert hier!»

Das scheint der Derwischmann allerdings widerlich zu finden, verabscheuungswürdig, dass ich das sage. Er verzieht angeekelt das Gesicht und schließt die Augen und schweigt.

Für eine geraume Zeit.

Als Nächstes heißt es, Robert habe schöne Klamotten. Robert sei gefühlvoll, und Robert dürfe nun etwas sagen, weil er besonders schöne Klamotten habe.

Ich sage: «Der Mann ist ganz offensichtlich krank! Diese Leute haben einen Gestörten vorgeschickt, und jetzt dreht er völlig durch, anstatt uns zu Ana zu bringen!»

«Warte mal ab», sagt Robert. «Das kriegen wir schon hin.»

Seine Hand liegt wieder auf meinem Knie, sein Blick ist ungewohnt klar und erwachsen. Als wäre die Blase um ihn herum plötzlich geplatzt, diese inwendige Art, die ihn seit eh und je umgibt.

Als hätte *er* den richtigen Instinkt für die Situation?

Jedenfalls sieht er dem Derwischmann in die Augen und sagt, wenn er etwas sagen dürfe, wolle er sagen, dass er ihn sehr respektiere. Und dass es ihn freuen würde, wenn er ihn nun im Namen von uns allen fragen dürfe, wie es Ana und Anas Mutter geht. Aber weil er – Robert – natürlich wisse, dass dies ein sehr kühner Wunsch sei, wolle er, bevor er eine Antwort auf seine Frage erhoffe, zunächst zwanzig Minuten innehalten und meditieren.

Der Derwischmann lacht freundlich und winkt.

Kehrt die Handflächen nach oben, wackelt hin und her und lacht uns glücklich ins Gesicht, leuchtet uns mit seinen Augen an, plötzlich viel jünger. Und Abu übersetzt, dass Robert absolut recht habe und wir das nun tun sollten.

Allerdings offenbar ohne mich – denn der Derwischmann rammt den Stock mit dem Messer in den Boden und dreht mir den Rücken zu, sodass ich aus der Runde ausscheide.

Die anderen bilden ein Dreieck neben mir. Nur Robert hält mich drinnen mit seiner Hand, die noch immer auf meinem Knie liegt.

Ich bewege mich vorsichtshalber nicht.

Muss zwischendurch ein paarmal schlucken, weil es extrem unangenehm wird – als säßen die drei an einem Feuer, das ich nicht sehen darf. Abu übersetzt, dass *der Nichtvorhandene* sich anstrengen müsse, damit wir weiterkommen, dass er sich am besten jetzt gleich zeigen solle – dass er am besten jetzt gleich seine Natur offenbaren solle.

Ich sage: «Ich sitze doch hier und offenbare meine Natur. Was soll ich denn machen?»

Und der Derwischmann sieht jetzt auch noch *nachsichtig* an mir vorbei. Mit seiner nachsichtigen Fresse.

Er sagt, der Nichtvorhandene sei so wenig da, dass man noch nicht mal auf ihn zeigen könne, da man sonst Angst haben müsse, dass einem die Hand *absterbe* und auch nicht mehr vorhanden sei.

Ich sage: «Ist es jetzt mal gut?»

«Du hast keine Liebe in dir», übersetzt Abu.

3

Treibsand. Schwerer werdende Schritte. Das Gefühl, gegen meinen Willen in einen bösartigen, nur halb bewussten Zustand abzurutschen, in dieser blutwarmen Luft. Dazu diese Abneigung gegen den Derwischmann, eigentlich *Hass* – während wir ihm in die Halbwüste folgen.

Oder besser: Die anderen folgen ihm, während meine Beine immer schwerer werden. Als hätte ich plötzlich eine Behinderung in den Beinen.

Der Derwischmann selbst wendet einen ganz merkwürdigen Gang an in diesem feinen Sand, offenbar technisch versiert: Er schmeißt die Unterschenkel nach vorne und geht auf den Fußballen, sehr eirig, aber zügig, seine rechte Hand – die mit den geringelten Fingernägeln – schwingt rhythmisch mit. Robert geht hinterher, den Blick geradeaus, mit großen Schritten; er hat seine Leinenschuhe ausgezogen und trägt sie an den Schnürsenkeln über der Schulter. Abu dreht sich zwischendurch besorgt nach mir um.

Ich will ihm sagen, dass er sich keine Sorgen um mich zu machen braucht, dass mich der Derwischmann von mir aus beschimpfen und beleidigen soll, solange er uns zu Ana bringt. Aber meine Stimmbänder sind wie durchgeschnitten.

Es kommt einfach kein Ton aus mir raus.

Ich bewege den Mund und höre keine Worte – weil der Derwischmann offenbar eine *Suggestionstechnik* ausgepackt hat, denke ich, weil er ein ganz spezielles Hypnoseverfahren gegen mich anwendet? Anders ist es nicht zu erklären – ich gehe gegen einen Widerstand an, während Abu sich auch noch von mir wegdreht, als wäre *ich* die seltsame Person.

Und da ist es dann wieder.

Ich sehe es ganz genau.

Wie der Derwischmann ein winziges bisschen an mir vorbeisieht mit seinen Vogelaugen, es ist Millimeterarbeit, eine ganz perfide und teuflische Millimeterarbeit, die er hier beherrscht. Ein kaum merklicher Dreh. Er guckt dich an und guckt dich doch nicht an, und du wirst wahnsinnig dadurch, als würde deine körperliche Form verschwimmen, als würdest du dich langsam auflösen.

Eine Grabeskälte, die er verströmt.

Dann bleibt er auf einer Düne stehen und stellt die Lampe in den Sand. Steht da wie aus Bronze und sagt, dass wir uns jetzt gegenseitig betrachten sollen, dass wir einmal selbst überprüfen sollen, ob wir vertrauenswürdig sind.

«Er will jetzt versuchen, uns zu vertrauen», sagt Abu. «Aber erst mal müssen wir uns selbst gegenseitig einschätzen und vertrauen.»

Robert nickt mir aufmunternd zu, beginnt, mich auf eine freundliche, wohlwollende Weise zu mustern. Ich mache mich grade und mustere ebenso wohlwollend zurück, so gut ich es kann. Wir stehen alle ganz ernsthaft da und tun so, als würden wir uns intensiv betrachten, um uns einzuschätzen. Wobei der Derwischmann die Augen zumacht und seinen Messerstock hebt.

Abu übersetzt: «Wenn ihr die Augen zumacht und den anderen noch seht, dann ist es ein Geist, dem man nicht trauen kann, und wenn ihr ihn nicht mehr seht, weil ihr die Augen zuhabt, dann ist es ein richtiger, zuverlässiger Mensch.»

Logisch, sage ich. Ohne dass es jemand hört.

Und es scheint mir tatsächlich eine in sich stimmige Ordnung zu sein, in die uns der Derwischmann hier reinziehen will, ein stimmiges Wahnsystem, das einen anzustecken droht, wie Roberts Ein-Mann-Sprache früher. Aber ich öffne und schließe trotzdem die Augen, versuche, alles richtig zu machen, und Robert sagt: «Ja. Ich glaube, dass wir alle vertrauenswürdig sind.»

Dafür kriegt er Applaus.

Der Derwischmann lächelt und klatscht sanft in die Hände. Fast etwas schwul. Aber ich bin auch einverstanden, natürlich, wir alle sind einverstanden, hoffe ich. Wir wurden jetzt alle als ausreichend vertrauenswürdig erkannt?

Zumindest, übersetzt Abu, habe Robert ein zweites Gesicht. Er sei jemand, der hinter die Dinge gucken könne, sodass er – der Derwischmann – Roberts Einschätzung großen Respekt entgegenbringe.

Sodass wir jetzt zu Ana gebracht werden?

«Fast. Der Derwischmann möchte, dass du noch einmal die Augen schließt», sagt Abu.

Ich rieche Kümmel.

Die hornige Hand des Derwischmannes auf meinem Gesicht.

Er sagt, ich solle ganz still stehen bleiben, er werde in diesem Moment erkennen, wer ich bin. Ich sei nämlich *doch* vorhanden, wenn auch auf eine ungute Weise, ich sei ein typischer Abendländer. Ich sei einer, der immer nur sich selbst sehen könne. Ich liefe schon mein Leben lang durch die Wüste, und schon mein Leben lang sei ich unfähig, andere Menschen zu sehen, deshalb würde ich wohl ewig durch die Wüste laufen müssen und ewig alleine bleiben. Und was ich eigentlich suchte, sei auch nicht Ana, sondern immer nur mich selbst, aber ich würde es niemals schaffen, da ich ja immer nur das eine sehen könne: mich selbst. Und unerträglich dumm sei ich auch. Ich sei so dumm, dass es noch nicht mal schade sei um mich. Und diese Dummheit sei nicht zu entschuldigen, auch wenn ich früher mal diese schlimme Sache erlebt hätte, diese schlimme Sache mit dem Tod eines Freundes oder einer Freundin ... ich zucke zusammen ... oder eines Familienmitglieds ... ich zucke wieder zusammen ... ja, mit dem Tod eines Familienmitglieds, meiner Mutter, das habe er gemeint.

Dann lässt er mich frei.

Es ist so, dass ich eine Weile im Slalom herumlaufen muss, die Düne runter und ein Stück in die Dunkelheit hinein, mir ist einfach schwindlig von diesem Mann und von seiner Technik, alles Mögliche aus einem herauszusaugen. Extrem trickreich, ein Könner in seinem Bereich, so viel ist klar.

Ich mache den Mund auf, um tief durchzuatmen – stattdessen kommt ein leiser Quietschton raus, ein jämmerliches Fiepsen, das aus mir rausgepresst wird. Ein Ton, der nicht zu mir gehört.

Oben stehen Abu, Rupert und der Derwischmann wie eine kleine Familie im Licht der Lampe. Robert als der Größte weiter links, etwas entfernt von den anderen. Als wollte er zeigen, dass neben ihm ein Platz für mich ist, dass ich zurückkommen soll.

Er steht da tatsächlich souverän, denke ich.

Ganz unbeeindruckt von den Anbiederungsversuchen des Derwischmannes, zumindest bleibt er immer noch distanziert.

Was dem Derwischmann recht gibt auf eine merkwürdige Art. Als wäre Robert einfach mehr Derwisch als der Derwischmann.

«HOME!», ruft der jetzt.

«Was?», rufe ich.

«Home! Home!»

4

Wir befinden uns im Inneren der Düne. Dem Derwischmann zufolge handelt es sich um ein altertümliches Bewässerungssystem – diese Düne ist hohl, eine Lehmhöhle mit einer Unmenge Sand obendrauf. Der Eingang besteht aus einer morschen Holztür, dahinter befindet sich ein runder Raum, in dem wir sitzen, und dahinter geht es durch eine weitere Holztür tiefer ins Erdreich – in ein verstecktes Labyrinth aus Abwasserkanälen. Eine unterirdische Stadt, wenn man der schaltkreisähnlichen Zeichnung neben der Tür glauben will.

Wir sitzen auf einem dünnen, fast mit dem Lehmboden verwachsenen Teppich, im Kreis um mehrere Kerzenleuchter herum, die den Raum hell ausleuchten; die Wände sind mit allerhand Zetteln und kleinen Plakaten behangen: Nelke und Stacheldraht, Hammer und Sichel, auch eine Tierpfote, Halbmonde und eine *Hand Fatimas* aus Plastik.

Auf einem Tischchen mit Löwenfüßen liegen Berge von Papier, daneben steht ein grauer Klotz von einem

Laptop. Ich versuche, durch die halboffene Tür in die Kanäle zu sehen, kann aber nur erkennen, dass dort ebenfalls Kerzen brennen. Dass es dort weitergeht.

Der Derwischmann sitzt im Schneidersitz, die Augen einmal mehr geschlossen in seinem strengen und feinen Gesicht. Ledrig und sonnenverbrannt, scharf geschnitten und mager. Es ist eigentlich nicht mehr zu leugnen, dass eine Kraft von ihm ausgeht. Als er die Augen aufmacht, sitzen sie hellwach in ihren Höhlen, als würde er aus einer Maske zu mir rausgucken. Ich bin froh, dass ich Robert ansehen kann – ich bin überhaupt froh, ihn dabeizuhaben. Er hält mich in der Runde, denke ich. Er sitzt als mein Verbündeter neben dem Derwischmann.

Zur anderen Seite des Derwischmannes sitzt Abu, mit einem dieser rosafarbenen Handspiegel in der Hand, die wir bekommen haben. Wir sollen uns für eine letzte, abschließende Übung im Schneidersitz voreinandersetzen und uns *im Spiegel des Anderen* betrachten, übersetzt er. Danach würden wir zu Ana gebracht.

Ich rutsche mit meinem Handspiegel in Roberts Richtung, und er will auch zu mir – aber der Derwischmann hebt seinen Stock und winkt Robert zu sich. Die beiden setzen sich fast ineinander, ganz nah, als hätten sie das schon öfter so gemacht. Ich habe Abu vor mir.

«Du musst den Spiegel hochhalten», sagt er.

Damit fixiert er auch schon sein Spiegelbild, mit neugierigem Blick – hat inzwischen anscheinend einen ganz eigenen Ehrgeiz entwickelt. Will sich hier weiterbilden. Ich sehe sein braunes, molliges Gesicht mit den winzigen Falten. Sie scheinen immer mehr zu werden, je länger ich ihn fixiere – und dann guckt er mich plötzlich an und sieht doch wieder ganz jung und unschuldig aus. Ist sofort wieder dieser kompakte, frohe Mensch ohne Hals. Überhaupt nicht einzuschätzen eigentlich.

«Du sollst *dich* angucken!», sagt er zu mir.

Und das stimmt, aber etwas hält mich davon ab. Ich sehe nur kurz mal hin: mein Gesicht, meine Augen, ich kenne sie ja. Auch diese Angst, dass ich mir selber zuzwinkern könnte im Spiegel. Und ich strenge mich an, keinen besonderen Gesichtsausdruck zu machen, aber das führt zu einem verkniffenen Blick, und als ich mit dem Nichtblinzeln beginne, wirkt mein Gesicht plötzlich vollkommen kalt. Es verschwimmt nicht, es wird nicht zu farbigen Formen und Flächen, es bleibt einfach vor mir, starr und bleich. Als wäre es erst jetzt in diesem Moment entstanden. Als wäre es die ganze Zeit nicht da gewesen und hätte sich gerade materialisiert.

Und ich sehe diese Augen.

Sie verändern sich ein bisschen. Das darf mich eigentlich nicht erschrecken, denke ich, das ist wahrscheinlich der gleiche Effekt, wie wenn man hundertmal hintereinander das gleiche Wort aufsagt: Augen, Augen, Augen, Augen. Etwas absurd mit den Tränendrüsen. Aber dann wird es plötzlich abartig. Im Spiegel sitzt ein Schädel mit Gummiüberzug und zwei glänzenden Seh-Äpfeln, die irgendwie mit der Stimme in meinem Kopf verbunden zu sein scheinen.

Aber etwas *stimmt nicht* mit der Verbindung.

Die Pupillen sind zu klein und zu hart. Oder das Bewusstsein sitzt zu klein und zu hart in den Pupillen, denke ich – ja, das ist es, es sitzt zu ängstlich und zusammengepresst darin. Ein Alien, ein eingesperrtes Alien, das ich sehe. Oder das vielmehr panisch zu mir raussieht. Als wollte es etwas sagen.

Dann werde ich nass.

Der Derwischmann sprüht mit einem Raumbefeuchter herum, und die Höhle ist plötzlich wieder präsent, die Mauern aus Lehm, die anderen Gesichter. Als wäre das Alien durch die Tür geflüchtet und quiekend in der Wüste verschwunden, während ich mich hier wiederfinde.

Abu übersetzt: «Entspannen!»

Wir dürfen die Spiegel weglegen. Ich bin vollkommen fertig und durchgeschwitzt, auch wenn der Derwischmann das Gegenteil behauptet: Wir würden uns jetzt, nach dieser interessanten halben Stunde, wie Korken im Wasser fühlen, ganz leicht und ruhig.

«Durch die Übung sind wir alle in diesem Raum angekommen», übersetzt Abu. «Wir sind nun alle gemeinsam anwesend und können uns im Raum verhalten.»

Ich sehe Robert an: Der massiert seine nackten Füße, offenbar auch ein bisschen ermüdet, aber eher so, als käme er vom Joggen zurück. Als er meinen Blick bemerkt, schüttelt er kaum merklich den Kopf, wie um zu sagen: Vergiss den ganzen Quatsch einfach. Wir haben es geschafft. Lächle einfach und sei mit allem einverstanden.

Und das mache ich. Ich nicke zumindest. Und der Derwischmann sagt, dass wir jetzt können.

Es ist, als würde feierliche Musik eingespielt.

Robert hilft mir hoch.

Der Derwischmann probiert eine Taschenlampe aus und zieht sich eine dicke, rot karierte Stoffjacke an. Er sagt, wir sollen uns Wasser in eine Flasche füllen, es sei ein weiter Weg, den wir vor uns hätten. Dort bei der Tür gebe es einen Wasserhahn.

Für einen Moment werde ich fast weinerlich.

Auch wegen dem ruhigen Gesicht des Derwischmannes, wie er da steht und auf einmal tatsächlich väterlich wirkt. Er lächelt sogar anders, gar nicht mehr gekräuselt, so, als täte es ihm leid, an der einen oder anderen Stelle etwas grob gewesen zu sein. So, dass ich ihm eigentlich die Hand geben möchte. Eine Reise geht hier zu Ende, denke ich. Es war ein langer, beschwerlicher Weg, den wir nur gemeinsam hinter uns bringen konnten. Und am Ende *gibt* es ein Muster hinter den Dingen, wenn es auch ein dunkles ist. Rückblickend muss man sagen: Es war klar. Es musste so kommen.

Und dergestalt trete ich zu ihm hin.

Ich überreiche ihm *die Hand Fatimas*, den Glücksbringer, den mir Abus Mutter mitgegeben hat.

Eine angebrachte Geste, mein Gesicht sagt: Da haben wir es also doch noch geschafft, wir beiden, was? Schwer genug war's ja, aber dann ging's.

Und er lacht ganz nett und zieht die Augenbrauen hoch, sein Gesicht sagt: Ja, ja, da haben wir es also doch noch geschafft, wir beiden.

Ehe Abu dann übersetzt, dass der Derwischmann mein Geschenk nicht annehmen könne, da ich nach wie vor etwas Dummes und Unvorhandenes an mir hätte. Er müsse es leider so sagen. Aber ich dürfe nun reden auf unserem Weg zum Versteck. Ich dürfe nun versuchen zu erklären, warum ich so unvorhanden bin.

Der Traum des Jägers

1

Dass dieses Gewitter nervtötend sei, sagte Ana. Dass sie gleich einfach rausrennen werde, sie könne nicht mehr stillhalten, man könne nicht *tagelang* in diesem muffigen Wohnwagen rumhocken und nichts tun. Und dass unser Plan jetzt der sein müsse, noch einen Überfall zu machen, einen größeren, weil von dem letzten inzwischen nur noch fünfhundert Euro übrig seien und weil wir uns einen eigenen, besseren Wohnwagen kaufen müssten. Einen richtigen Campingbus. Um damit weiterzureisen.

Dass sie wieder zu mir unter die Decke kommen solle, sagte ich. Und dass wir uns von dem Geld auch einfach eine Wohnung mieten könnten, im Hochhausviertel gegenüber oder besser noch weiter drin in der Stadt. Weil es doch früher oder später darum gehen müsse, einen Ort zu finden, an dem man länger bleiben kann, einen Ort mit ein paar netten Menschen, an dem man sich niederlässt.

Nein, dass ich wieder zu altmodisch denken würde, sagte sie. Und dass wir außerdem noch keine zweihundert Kilometer hinter uns hätten. Dass wir doch kaum von der Stelle gekommen seien im letzten halben Jahr.

Dann lachte sie, weil der Wohnwagen wieder stärker schaukelte im Sturm und weil von der geblümten

Wohnwagendecke Dreck auf mich runtergerieselt kam. Und auch, weil wir das Thema wiederholten und variierten, weil wir eigentlich halb aus Langeweile stritten.

Ich lag auf der klebrigen Matratze, neben dem Heizstrahler und den Pappkartons; es war ein Gerümpelwagen, in dem wir untergekommen waren. Die Besitzerin wohnte in einem größeren Wohnwagen gegenüber, aber wir hatten sie schon seit zwei Tagen nicht gesehen. Es war, als hätte jemand eine Haut vom Himmel gerissen, als sollte es für immer Nacht bleiben und donnern und blitzen.

Ana lief in T-Shirt und Unterhosen hin und her; ich machte die Augen zu und hörte auf die Wellen des Sturms, die ich mochte, die mich eigentlich sogar beruhigten. Ana hatte gesagt, dass meine ruhigere Art manchmal gut sei, dass ich ausgleichend auf sie wirken würde, deshalb versuchte ich, etwas Tiefes, Besänftigendes in meine Stimme zu legen, wenn ich mit ihr sprach. In den letzten Monaten war sie immer unruhiger geworden. Ich nahm an, dass es daran lag, dass sie sich Sorgen um ihren Vater machte – grade weil sie nie viel sagte, wenn ich auf das Thema kam. Stattdessen redete sie dann nur vom nächsten Überfall und davon, dass wir noch nach Ungarn sollten, bevor wir nach Teheran trampen würden.

«KOMM SCHON!», rief sie jetzt. «PACK MICH! PACK MICH!»

Als ich die Augen aufmachte, sah ich, dass die Tür offen stand. Sie war einfach in den Regen rausgelaufen. Sie sprang halb nackt vor dem Fenster herum.

Ich zog mein T-Shirt aus, nahm einen Schluck Tütenwein und stieg langsam und vorsichtig in die rauschende Dunkelheit. Ich rannte ihr nicht hinterher, ich hatte einen besseren Plan – ich folgte ihr in einem langsamen Bogen. Der Regen war so dicht, dass man keinen Meter weit sehen konnte, es war ein silbriges Flirren. Schlingpflanzen schienen in der Luft zu entstehen.

Und da stand sie und sah in die falsche Richtung.

Es machte mir jetzt richtig gute Laune: Es sah aus, als gäbe es überhaupt nur noch uns beide auf der Welt, als wäre alles drum herum ein schwarzes Nichts. Ich stellte ihr ein Bein, warf mich auf sie und drückte ihre Handgelenke in den Schlamm. Sie lächelte zur Seite.

Während ich meine Hose aufmachte und ihre Kniekehlen in meine Armbeugen legte, sagte ich, dass sie jetzt eine Kröte sei, die ich gepackt hätte, der keine Chance mehr blieb. Sie machte ein zustimmendes Geräusch, aber als ich sie umdrehen wollte, trat und zappelte sie plötzlich, zischte und spuckte und packte mein Handgelenk und zerrte daran, als wollte sie mir den Arm auskugeln. Sie flutschte einfach unter mir raus und war weg.

«Bist du LANGSAM?», rief sie.

«Ich geh wieder zurück.»

«Der Trick klappt nicht! Du musst mich schon PACKEN!»

Ich rannte los. Ihr Lachen entfernte sich und kam wieder näher, und plötzlich war ihr erstauntes Gesicht direkt vor mir, und wir stießen hart mit den Schädeln aneinander. Diesmal fiel sie nicht hin, als ich gegen ihr Schienbein trat, sie schlug stattdessen auf meine Hand ein, mit der ich sie festhalten wollte – und rannte weiter. Der Regen spritzte vom Boden, Blut war an meiner Lippe. Aber es fühlte sich gut an. Als wäre ich Teil des Regens.

Ich ging langsamer weiter und versuchte, sie wie ein Tier zu wittern – aber da war sie schon wieder, blitzschnell, sie hatte mich in den Schwitzkasten genommen. Sie blieb einfach so mit mir stehen und schlug mir auf den Kopf, dass es richtig wehtat, und die Luft blieb mir weg, aber ich wollte so bleiben und wehrte mich nicht, bis sie weiterlief.

Als ich sie das nächste Mal sah, saß sie auf einem Streusalzkasten in der Nähe einer Laterne, bewegte die Zehen und sah über mich hinweg, als würde sie mich gar nicht bemerken. Aber sie sah mich, sie zog ihre Unterhose aus und spreizte die Beine.

Ich sah mich um: Da war nur der Lichtkreis der Laterne und die rauschende Dunkelheit drum herum, und deshalb schlich ich mich an, hockte mich hin und fing an, sie zu lecken.

Der Regen lief mir ins Gesicht. Ich leckte sie gleichzeitig genüsslich und schnell. Sie hatte mir gesagt, dass ich es so machen soll. Ihre Oberschenkel zitterten, sie zog meinen Kopf mit den Händen zu sich. Für einen Moment war es, als wäre ich nur noch in meiner Zunge, als würden wir gleich verschmelzen, denn sie bewegte sich in Wellen, und mein Gesicht war warm von ihr.

Dann stand ich auf und zog sie vom Streusalzkasten, um sie zu küssen, aber sie drückte mich weg. Sie drehte sich um und stützte sich mit den Händen am Streusalzkasten ab.

«MACH! MACH!»

Und ich war mir nicht mehr sicher, ob ich es schaffen würde. Es war, als wäre eben noch alles gleitend und filmhaft gewesen, während ich jetzt plötzlich kleine Bewegungen wahrnahm, die nicht hierhergehörten – eine eckige Drehung von ihr und ein beängstigendes Knacken in meinen Rippen. Aber dann wieder leuchtete ihre Haut so hell, und der Regen lief an ihren Beinen runter, und sie bewegte sich und glänzte, und es schien doch sehr einfach, sie zu nehmen.

«MACH! MACH!»

Ich machte schnell meine Hose auf und griff blind nach ihren zappelnden Oberschenkeln, ich zog sie mit einem Ruck zu mir ran und packte sie.

Und sie schlabberte mir weg.

2

Als ich die Augen aufmachte, war es Frühling. Es gab insgesamt drei Wohnwagen auf unserem Parkplatz im Hochhausviertel: unseren kleinen Gerümpelwagen, einen ganz zerbeulten hinten links in der Ecke und einen großen, schwarz bemalten gegenüber, in dem Lydia wohnte, die Besitzerin unseres Wagens.

Morgens kam sie in Springerstiefeln und einem roten Faltenkleid aus dem Wagen, mit einem ironischen Lächeln auf den Lippen und einem Tellerhut in der Hand. Sie war groß und mager. Ihre Zähne waren braun. Ihr Blick ging nach innen.

Sie fuhr sich durch ihr schwarzes Haar, setzte ihren Hut auf und sagte: «Ihr Herzchen, was für ein freundlicher Tag.»

Oder: «Ah ja, was könnte ich denn jetzt mal wollen?»

Ich lächelte, so gut es ging. Auf einem der Klappstühle sitzend, vor dem Gaskocher mit der Erbsensuppe. Ich wollte nicht unhöflich sein, obwohl sie mir von Anfang an nicht gefallen hatte: In meinen Träumen vermischte sie sich mit meiner Mutter – und auch tagsüber musste ich wieder mehr an meine Mutter denken ihretwegen. Es lag an dieser gespielten Jugendlichkeit und dem chaotischen Lebensstil, Wohnen im Wagen, obwohl sie sicher schon gut über vierzig war.

Sie hatte gesagt, dass wir so lange bleiben könnten, wie wir wollten, sie sei früher auch viel durch die Gegend gereist. Wir Tramper müssten zusammenhalten und seien eine große Familie. Dabei war inzwischen deutlich geworden, dass Ana der eigentliche Grund dafür war: Lydia schien irgendwas von ihr zu wollen, andauernd sagte sie, dass Ana sie an sich selbst erinnere. An eine Zeit, in der auch sie sexy, jung und wunderschön gewesen sei.

Ich würde Gespenster sehen, ich sei mal wieder zu angespannt, sagte Ana, Lydia sei halt eine Lebenskünstlerin und vielleicht ein bisschen schräg, aber eher so wie ihre Mutter in Teheran. Also genau richtig. Außerdem sei sie früher Junkie gewesen und habe ein Kind verloren, das hinterlasse eben ein paar Spuren.

Lydia erzählte solche Geschichten im Suff, abends am Feuer, während sie Schnörkel mit ihrer Zigarettenspitze malte. Sie sei im Kinderheim aufgewachsen. Sie sei eine Zeitlang Kunstlehrerin gewesen und dann wegen haltloser Beschuldigungen entlassen worden. Ich wusste nie, was davon ich glauben sollte und was nicht. Es war ihre Lieblingspose, den Blick in den Himmel zu richten, eine Hand unter der Achsel, um dann mit hauchender Stimme zu erklären, dass sie insgesamt so was wie eine *fahrende* Künstlerin sei, auch wenn sie im Moment von Sozialhilfe lebe und obwohl sie überhaupt nicht fuhr. Bei ihrem Wohnwagen waren die Reifen durch metallene Stützfüße ersetzt. Er hatte etwas von einem Theater, links und rechts in der Tür waren rote Tücher mit Kordeln festgeknotet. Leise elektronische Knackmusik drang heraus.

Ich schlenderte durchs Hochhausviertel. Ich versuchte, einen Plan zu entwickeln, während Ana und Lydia bei ein paar Bier auf dem Parkplatz saßen und dieses Dinosaurier-Quartett spielten, das sie auf eine ironische Weise gut zu finden schienen. Den Überfall auf die Tanke hatte Ana fast ohne meine Hilfe durchgezogen – ich hatte mir vorgenommen, beim nächsten Mal viel entschlossener zu sein, auch wenn ich noch nicht genau wusste, was für eine Aktion es werden würde. Ich lief an Sperrmüllhaufen und vernagelten Fenstern vorbei, durch das blühende Unkraut zwischen den Hochhäusern, unter den Blicken der wenigen Bewohner hindurch, die weit oben als Winzköpfe zu sehen waren. Lydia hatte erzählt, dass zwei der Hochhäuser bei einem

Erdbeben vor ein paar Jahren halb eingestürzt seien, deshalb wären die Leute nach und nach weggezogen, zumindest die, die es sich leisten konnten.

Der kleine Supermarkt war auch mehr oder weniger tot. Die Kassiererin schien gut über achtzig zu sein und häkelte versunken hinter der Kasse, sodass es eigentlich keine Herausforderung darstellte, sich zu bedienen. Ich legte ein Tütchen Brausepulver für zwanzig Cent aufs Band und kam mit fünfzehn Dosen Bier im Parka wieder raus in den Tag.

Angespannt?

Im Schaufenster sah es zumindest nicht danach aus, mein Dreitagebart wuchs ganz gut, und dass mein Gesicht insgesamt etwas leicht Gepresstes hatte, war von Natur aus so, dagegen konnte ich nichts tun. Außerdem erhöhte sich mein Puls inzwischen fast gar nicht mehr beim Klauen – ich wurde hier nach und nach zu dem Profi, der ich sein musste, wenn ich ein größeres Projekt angehen wollte. Denn früher oder später würden wir eine Wohnung brauchen, sagte ich mir, am besten in einem anderen, besseren Viertel, um ein richtiges Stadtleben beginnen zu können. Umgeben von zugänglichen Menschen, die uns beweisen würden, dass wir vorhanden waren, und zwar als richtige Lebensteilnehmer – dass sogar noch mehr vorhanden war, ein Viertel eben, ein Straßenzusammenhang, eine Stadt. Dass man nicht jeden Morgen im Chaos aufwachen musste. Dass man nicht jeden Morgen das Gefühl haben musste, *irgendwo* zu sein.

Zurück am Klapptisch zwischen den Wohnwagen erklärte Lydia, dass sie Sängerin gewesen sei, solange sie denken könne, sich aber später aus Melancholie der Filmkunst zugewandt habe.

Dann holte sie ihren Laptop raus, um surreale Kurzfilme zu zeigen.

Tatsächlich hatte sie ziemlich viele davon auf ihrer Internetseite gespeichert, wir hatten schon mehrere gesehen. Dieser hier hieß *Pervert Pets*: Man sah Lydia auf allen vieren über eine Wiese kriechen, in Strapsen und BH, mit einem Katzenohren-Haarreif auf dem Kopf. Nach einer Weile krabbelten zwei halb nackte Mädchen dazu, eines mit Hasenohren und eines mit Schweinenase und Ringelschwänzchen. Und die Mädchen sahen auch beide sehr schön, frisch und hellhäutig aus, und es war vielleicht sogar Kunst in irgendeinem Sinne, aber es löste auch ein bitteres Ziehen in meinem Magen aus. Offensichtlich gab es überhaupt keine Struktur in diesen Filmen, so wie es auch offensichtlich überhaupt keine Struktur gab in Lydias Leben.

«Was ist denn die Handlung?», sagte ich.

«Die Filme sind NON-LINEAR», sagte Ana. «Es passiert schon was, aber eben ANDERS. Du musst mal genauer hingucken!»

«Mein kleiner Tyrannosaurus», sagte Lydia. «Soll ich dir das Ganze noch mal erklären?»

Ich antwortete nicht, ich setzte mich in einen Klappstuhl, machte mir ein Bier auf und sah weg – ich hasste es, wenn sie mir Spitznamen gab. Sie dachte sich andauernd neue aus.

Bei ihren Filmen, erklärte sie, ginge es um Offenheit und Freiheit.

Auch um Wagemut und eine gewisse Körperlichkeit.

Der Traum des Jägers, zum Beispiel, sei ja ihr nächstes Projekt, das sie zusammen mit Ana realisieren wolle, und es solle ein sehr junger Film werden und so was wie eine Huldigung an die Jugend darstellen, denn die Jugend sei das Kostbarste überhaupt, weil man da noch ganz frei, offen und ungebunden sei. Und es sei besonders wichtig, dass man die Zeit genieße und sich ganz öffne, denn wenn man sich nicht ganz öffne und frei mache, würde man alles verpassen. Überhaupt sei alles eine Frage der Öffnung, der Freiheit und des Wagemuts, sowohl im Leben als auch, wenn es ums Filmemachen ginge. Sie selbst sei sich nie für etwas zu schade gewesen, deshalb sei sie so jung geblieben.

Dann lächelte sie Ana süßlich an, als wäre Ana ein interessantes Tierchen, und Ana trank ihr Schnapsglas leer und lächelte mit. Als hätte sie etwas herausgehört, was ich nicht verstand, etwas Ironisches vielleicht – aber es war immer halb ironisch, was Lydia sagte.

«Triceratops», sagte sie. «Geh doch mit Lescek schießen.»

«Ja, ja», sagte ich.

Er erschien gegen Abend wie aus dem Nichts auf dem Parkplatz. Stand plötzlich vor seinem verbeulten Wohnwagen hinten in der Ecke und stampfte mit seinen Turnschuhen auf, sodass verkrusteter Schlamm abfiel. Das bedeutete dann, dass er das Holster mit der Browning unter seiner Bomberjacke hatte, dass wir jetzt rüber ins verlassene Sägewerk gehen konnten, um Schießübungen zu machen.

Den Tag über trieb er sich irgendwo in der Stadt rum, es war unklar, was er tat – man bekam nicht viel aus ihm raus, er redete kaum, wenn wir durch die Dämmerung liefen. Eine weltfremde Kühle ging von ihm aus, von seinem bleichen Gesicht, seinem schielenden linken Auge und dem kleinen Surfbrettanhänger am Hals.

Ana meinte, dass er vielleicht keinen Pass habe oder etwas mit der Russenmafia zu tun habe und gesucht werde und deshalb so zurückgenommen war. Wenn sie mit uns kam, lächelte sie im Schlendern zu ihm hoch, stellte Fragen in ihrer offenherzigen Art; es schien mir, als müsste sich eigentlich die ganze Welt für sie erwärmen. Wie sie vorausschlurfte, an den Bändchen ihrer Kapuze zog, in einer Tour redete oder die grünen Knieschoner vorführte, die sie im Sperrmüll gefunden hatte. Aber Lescek antwortete immer nur knapp, murmelte etwas Kratziges auf Russisch, tat uns einen Gefallen, indem er uns mitnahm, und strahlte trotzdem überhaupt keine Herzlichkeit aus.

«Du bist Mann, du machst wieder Profi-Übung», sagte er zu mir.

Dass ich aufpassen muss, dass ich mir nicht den Kopf wegschieße, dachte ich. Dass ich vielleicht die Veranlagung dazu habe, so was zu tun.

Ich stellte mir vor, wie die letzten Wochen meiner Mutter abgelaufen waren, wie es sich tatsächlich anfühlte, wenn der Tod etwas Wünschenswertes wird. Ein paar Jahre zuvor hatte ich sie einmal auf dem Boden in der Küche unserer Wohnung gefunden, gar nicht weit von hier, seltsam auf der Seite liegend, obwohl sie ganz wach und nüchtern gewesen war. Als empfände sie ihren eigenen Körper als so ekelhaft, dass sie ihn nicht mehr richtig in Position bringen und bewegen konnte. Dass man also einfach, dachte ich, den eigenen Körper und diese Stimme im eigenen Gehirn nicht mehr erträgt, dass da ein widerlich großes Ich im Kopf heranwächst, mit dem man gar nichts zu tun haben will – sodass man dann die Entscheidung fällt und erleichtert ist.

Die Augen sind offen. Das Bewusstsein weicht langsam aus den Pupillen. Allerdings *zu langsam*, dachte ich, wenn man sich ausgerechnet für diese irrationale Variante entscheidet. Zu *verbluten*. Von innen auszulaufen.

«Du schießt, und du triffst», sagte Lescek zu mir.

Er stellte sich in der kühlen Halle hinter mich und korrigierte meine Körperhaltung, platzierte neue Flaschen auf der verrosteten Sägemaschine und schob die Scherben mit einem Stock weg, wenn ich getroffen hatte. Ana ging im milchigen Licht auf den großen Fenstervorsprüngen hin und her und gab Anweisungen, die ich nicht verstand mit meinen vom Schießen betäubten Ohren.

3

Wir rannten durch die Stadt. Wir fuhren ein Stück mit der Bahn, und dann lief ich vor ihr her und zeigte ihr die Straße, die ich ausgesucht hatte, gleich hinter einem Verkehrsschild mit spielenden Kindern drauf: Die sanft bergauf führende Bastianstraße. 1–57. Ich zeigte ihr die Kleinfamilienwohnungen in den Wohnblöcken, die mir einbruchstauglich schienen, die nicht zu gesichert wirkten, aber doch so, als hätten die Leute dort etwas Geld. Nicht reich, aber auch nicht arm, solide eben. Ana folgte mir mit ihrem hellen Blick. Es war ganz einfach, ihre Neugierde anzustacheln.

Neben einem der viereckigen Vorgärten standen Müllcontainer, holzumzäunt in eigenen Häuschen, unter einem eigenen Dach. Wir versteckten uns dort und rauchten etwas von dem klebrigen Zeug, von dem Lydia behauptet hatte, dass es Opium sei. Es roch nach einer Mischung aus Schuhcreme und verbranntem Plastik. Aber die Straße vor uns wurde bunt und warm und wie weiches Knetgummi in der Sonne. Ich machte Ana auf die Fenster und Metallbalkone an den Wohnblöcken aufmerksam und wie diese Blöcke sich glichen und den Blick erst dadurch auf die kleinen Unterschiede lenkten: auf zwei Windspiele, auf eine Wäscheleine, auf eine Strohpuppe mit Hut, die lächelnd in einem Blumentopf saß. Als die Laternen angingen, wurde die Straße noch breiter und friedlicher. Wir wählten den Block aus, in dem wir es versuchen wollten, Bastianstraße 7–9. Ana meinte, ein besonders einladendes

Licht gehe von dort aus. Etwas berührend Rötliches. Wir konnten es beide sehen.

Dann waren wir plötzlich woanders. Die Straßen nahmen uns mit, wohin sie wollten, es lag an diesem Schuhcremezeug. Hier war alles belebter und greller, es gab Einkaufspassagen mit beschuppten Handtaschen in den Schaufenstern leuchtender Boutiquen. Auch Läden, bei denen man nicht genau wusste, was sie darstellen sollten. Sie glichen sich mit ihren cremefarbenen Sitzwürfeln und den kleinen, einfarbigen Bildern an den Wänden. Hinter den Schaufenstern bewegten sich fluffige Frisuren, und es gab Röllchen aus Fisch, aber auch computerähnliche Objekte, und dann wieder kam es mir vor, als wären die Läden alle kleine Museen für einfarbige Bilder, die überwiegend beige oder ocker waren.

Ana ging vor und erfand Namen für die Passanten, Hauke, Elke und Konstanze, manche hätten aber auch ganz fremde, außerirdische Namen, sagte sie. Mir kam es vor, als würde keiner dieser Passanten hierhergehören, als wären alle zugezogen und würden Selbstgespräche führen in einer jeweils nur für sie selbst verständlichen Sprache.

Dass ich wieder merkwürdig altmodisch oder sogar moralisch klänge, beinahe wie Robert, sagte Ana, und dass ich mich anscheinend immer nach Normalität sehnen würde, die kein Mensch brauche, denn eigentlich sei hier alles sehr schön und frei. Und außerdem solle ich jetzt nicht denken, ich solle mich treibenlassen.

Später dann hatte sie einen Pappzylinder voller China-nudeln in der Hand, und es sah schön aus, weil sie so hungrig war und weil die Nudeln so zappelnd eingesaugt wurden in ihren glänzenden, hungrigen, redenden Mund.

Ich ließ mich treiben, so gut es ging, aber ich überlegte auch, wie man von hier aus wohl zurück in die Bastianstraße kommen könnte; ich war mir sicher, dass wir letztlich dort wohnen mussten und dass es dort letztlich auch einen Platz für uns geben würde, in der Normalität.

4

Vorher sollte allerdings noch ein erotischer Kunstfilm im Wohnwagen der als Achtziger-Jahre-Fitnesstrainerin verkleideten Lydia gedreht werden.

Draußen regnete es. Als wollte der Sommer schon zu Ende gehen, nachdem er grade erst begonnen hatte.

Ana sagte, dass wir gleich danach das Geld organisieren und weiterziehen sollten, am besten mit einer Kamera, die sie sich kaufen wollte, um ihre Dokumentationen zu drehen, und am besten direkt nach Teheran zu ihrer Mutter. Aber vorher wolle sie eben noch diesen Kurzfilm mit Lydia drehen, das auf jeden Fall noch.

Ich hatte ihr versprochen, mich darauf einzulassen und lag hier in meiner Jägerverkleidung, mit einem Filzhut und einer kratzigen Filzkutte auf Lydias Bett, während Lydia und Ana Kerzen arrangierten, um ein passendes Licht zu erzeugen. Wir hatten alle schon ziemlich viel Tütenwein drin; leise elektronische Zuckmusik kam aus Lydias CD-Player. «Der Wein und das Opium lösen», sagte sie mit ihrer feuchten Stimme. «Wir improvisieren dann offener.»

Ich versuchte, einigermaßen entspannt zu gucken – immerhin war der Wagen gemütlich eingerichtet: eine dunkle Höhle mit vielen Kissen und Decken, die Lampen waren mit roten Tüchern abgedeckt, ein paar Spiegel standen im Halbkreis um das große Bett.

Ich hatte ein Bündel Pfauenfedern in der Hand, das eigentlich ein Deko-Staubwedel war.

Als Ana sich zu mir setzte, begann ich, ihre Füße damit zu streicheln; sie spreizte die Zehen und zupfte an ihrem Haarreif rum, auf dem sich ein Plastikhorn befand. Sie sollte ein Einhorn spielen. Ihre Lippen waren mit pinkem Glitzerlippenstift angemalt. Dazu trug sie weiße Shorts und einen weißen Spitzen-BH.

«Folgende Situation, das Einhorn hat den Jäger in einen Wohnwagen gelockt», sagte sie. «Das ist die Grundhandlung. Von da aus improvisieren wir los!»

«In dieser Jägerkutte sind Läuse oder irgendwas drin.»

«Dann zieh sie aus, ist eh besser!»

Sie lächelte und half mir aus dem kratzigen Ding, und Lydia setzte sich zu uns aufs Bett, zündete ihre kleine Schuhcremepfeife an und reichte sie mir. Handschellen baumelten an ihrem Handgelenk.

«Entspann dich, Prinz, lass es auf dich zukommen», sagte sie. «Tu, als wären die Kameras gar nicht da.»

Was mir etwas zu professionell vorkam, war, dass die Kameras recht teuer und neu aussahen und dass sie gleich zwei hatte, eine in einem Ständer und eine in ihrer Hand, und aus der in ihrer Hand fuhr jetzt die Linse heraus, und das rote Licht daran leuchtete blinzelnd, als wäre es das Auge eines Tierchens, das gerade erwacht.

Gleichzeitig bösartig und dann auch wieder nicht.

Denn Ana zog ihren BH aus und fing an, meine Beine zu massieren, und ihre Hände waren warm und sanft, als wollte sie ganz normal mit mir schlafen. Ihre Haut war dunkler geworden über den Sommer, nur ihre Brüste waren hell im Kerzenlicht. Ich hatte sie länger nicht mehr nackt gesehen. Der Glitzerlippenstift passte nicht zu ihr, und das Plastikhorn hatte etwas Albernes an sich, aber es konnte ihr nichts anhaben, sie sah trotzdem schön aus, wie sie da saß.

«Guck nicht so naiv», sagte Lydia zu mir. «Beweg dich doch mal.»

Ana kniete auf dem Bett, drückte ihre Brüste zusammen wie im Porno und lachte. Ich trank noch einen Schluck Tütenwein; ich nahm an, dass ich mich jetzt männlich bewegen sollte, aber etwas an Anas Schönheit wirkte zunehmend bedrückend im rötlichen Licht. Sie ließ sich die Haare ins Gesicht fallen und biss sich auf die Unterlippe, stemmte die Arme auf die Oberschenkel und beugte sich vor. Alles für die Kameraaugen, dachte ich, während ihr Blick aber wie immer war, neugierig und klar. Es war ihr ganz normaler Ana-Blick, der mich traf.

«Jetzt geht's darum, dass du irgendwas SPIELEN musst, weißt du? Willst du zum Beispiel gefesselt werden? Ist das eine von deinen besonderen Vorlieben als Jäger?»

«Ich dachte, das Einhorn hat den Jäger in den Wagen gelockt und nicht umgekehrt?»

«Ja, aber der Jäger ist der heimliche Chef bei der Sache. Er STEHT darauf, es ist doch sein Traum! Er muss irgendeinen besonderen Wunsch haben in seiner Phantasie.»

«Küssen», sagte ich.

«Irgendwas Besseres!»

«Cunnilingus.»

Sie stockte kurz, dann kicherte sie. Lydia kicherte mit. Cunnilingus war das Erste, was mir eingefallen war, und jetzt klang das Wort bescheuert nach. Ich versuchte auch zu kichern, aber es kam zu spät und hing dann noch unangenehmer im Raum.

«Also gut», sagte ich. «Dann ist es mein besonderer Wunsch, gefesselt zu werden.»

«Schön! DAS ist ein guter Wunsch!», sagte Ana.

«Aber Lydia darf mich nicht komplett nackt filmen.»

«Auch nicht, wenn dein Schwanz in meinem Mund ist?»

Es kratzte. Die ganze Matratze war ein einziges Jucken und Brennen, als wäre sie mit reinem Alkohol getränkt. Es schien an diesem klebrigen Schulmädchenparfüm zu liegen, das Lydia versprüht hatte, ein süßliches Zeug, das mir die Lunge verklebte und sich als drückendes Schamgefühl im Bauch anstaute. Aber Anas Mund war warm, während sie mir ins Ohr flüsterte. Ihre Blicke und Finger bewegten sich. Sie schien gar nicht mitzubekommen, dass Lydias Finger *auch* überall waren, dass Lydia geschickt die Kissen und Decken zur Seite zupfte, um zu filmen.

Ich war mit den Händen am Bettgestell festgemacht, und das war gut.

Und es war auch gut, wie sich Ana auf mich setzte, wie sie mit den Händen alles dirigierte und wie sich mit einem Seufzer ihre Augen schlossen, während sie sich bewegte. Und wie sie dann wieder eine Pause machte und auf mir rumkrabbelte, als würde sie etwas auf mir suchen. Irgendwann hatte sie einen übergroßen, regenbogenfarbenen Lolli in der Hand, an dem ich lutschen musste; dann wurde ihr eine Federboa gereicht, mit der sie sich absichtlich theatralisch bewegte. Es funktionierte nicht richtig, es sah eher unbeholfen aus, aber ich mochte es, und ich mochte auch ihr Gewicht, ich mochte ihren Fuß in meinem Gesicht und ihre Haare auf meinem Körper und wie sie mit krabbelnden Fingern meine Leinenshorts zurückschälte, die eigentlich Robert gehörten.

Es war nur dieses Zoom-Geräusch.

Das Gefühl, dass sich Lydia alles ganz nah ranzoomte im Schatten.

Und die Mischung aus Rauch, Parfüm und Schweiß wurde klebriger – und plötzlich war die Erinnerung da, dass es auch gar nicht so verabredet gewesen war, dass wir übers Ziel hinausschossen auf eine unangenehme Weise. Oder auf eine angenehme.

Später dachte ich, dass Ana neben mir liegt. Ich wollte nach ihr greifen und spürte die Handschellen hart an den Gelenken, dann sah ich, dass sie schon aufgestanden war. Lydia legte ihr grade einen schwarzen Bademantel über und sagte, dass sie nach Lescek sehen solle. Ein kühler Luftzug wehte rein. Draußen schien sich das Gewitter gelegt zu haben, ich sah einen Ausschnitt sternklaren Himmels, ehe die Tür zufiel.

5

Die Handschellen gingen nicht ab. Lydia bestand nur aus ihrer Stimme und den Kameraaugen im Dunkeln.

«Du bleibst so, du musst trainieren», sagte sie.

«Was denn trainieren?»

«Freier zu sein. Dich gehenzulassen und freier zu sein, kleiner Hänsel.»

Ich blinzelte. Die roten Kameralichter brannten in den Augen. Ich versuchte, mich von ihnen wegzudrehen und mich halbwegs zuzudecken, indem ich die Decke mit den Füßen zu mir zog – aber Lydia kam mit einem Lächeln aus dem Schatten und zog sie wieder zurück.

«Du wirst ja beinahe nassforsch!», sagte sie.

«Lass mich, ich steig aus! Ich hör auf.»

«Entspann dich, ich werd dir erst mal ein paar von meinen Filmen zeigen. Du musst noch viel lernen über die Schauspielerei! Das hier ist zum Beispiel mein allererster Film. *Der Apfelbaum*, schaust du mal bitte her?»

Ihr Laptop leuchtete, ein starkes Blenden im dunklen Raum.

Sie ließ tatsächlich ihre Kurzfilme laufen, während

ich meinen Körper unter Kontrolle zu bringen versuchte. Ein nacktes Mädchen saß etwa drei Minuten unter einem Apfelbaum, dann erhängte es sich daran, und dann lag ein Manuskript unter dem Apfelbaum, das *Der Apfelbaum* hieß. Der nächste Kurzfilm hatte den Titel *Das Haus*. Lydia lief schreiend mit einem Brotmesser durch leere Räume, alles war schummrig und schwarz-weiß, sie zog sich aus und schmierte mit ihrem Blut den Schriftzug *Das Haus ist tot* an die Wand.

Ich holte tief Luft, um nach Ana zu rufen, aber in diesem Moment kam der nächste Film, und ich erschrak, weil ich selbst zu sehen war.

Im Regen.

In dem, durch den ich vor einem guten halben Jahr gelaufen war.

Das Bild war verwackelt, und ich lief und schrie mit heller, heiserer Stimme *Ana Ana Ana Ana* – woran ich mich gar nicht mehr erinnern konnte. Dann hockte ich unter einer Laterne und leckte sie, und mein Gesicht wurde rangezoomt. Ich sah, wie Ana im Gebüsch pisste, ein paar Tage später, und als Nächstes: wie Ana und ich im Wohnwagen miteinander schliefen, irgendwann im Frühling – durch das Fenster gefilmt.

Für einen Moment war mir, als wäre ich verschwunden, als gäbe es mich überhaupt nur in diesem Film. Als wäre mein Ich aufgelöst, als wäre Lydia hier das Gehirn, in dem sich alles bewegt.

Anscheinend hatte sie die ganze Zeit nichts Besseres zu tun gehabt, als uns zu verfolgen – ich sah, wie Ana und ich bei den Hochhäusern standen und uns küssten, wie wir in der Stadt rumliefen und uns die Geschäfte ansahen.

Der Laptop ging aus, und die Lichter waren wieder an.

Lydia saß neben mir auf dem Bett und lächelte, an ihrem Zeigefinger hing der Handschellenschlüssel.

«Das ist meine Arbeit», sagte sie. «Liebst du meine Arbeit? Du liebst sie sehr, oder? Aber du bist leider ein kleines Nazischweinchen, das ist schade. Du willst alles für dich haben, Süßer, weil du ein kleines Nazipimmelchen bist.»

Sie pustete sich eine Strähne aus der Stirn und legte lächelnd den Kopf in den Nacken, und ihr großer Adamsapfel bewegte sich, weil sie noch etwas Unverständliches flüsterte. Aber mir wurde plötzlich klar, dass ich sie gar nicht verstehen sollte, dass es von Anfang an ihre Absicht gewesen war, Chaos zu stiften; und jetzt wollte sie wahrscheinlich filmen, wie ich mich aufrege und schreie und an den Handschellen zerre. Es war eine bösartige Nummer, eine berechnende Verwirrung, mit der sie mich fertigmachen wollte.

«*Der feuchte Traum des Jägers* ist noch nicht fertig. Das Finale müssen wir noch drehen, mhm?»

Sie guckte hellwach, als hätte sie eine Vitaminspritze bekommen, als würde wieder Leben durch ihren schlaffen Körper fließen. Ich wollte nach ihr treten, aber dann hatte sich etwas verändert: Sie hatte mir die Handschellen abgenommen.

Ganz zart.

Saß plötzlich wie eine Mutter neben mir und streichelte mir sanft über den Kopf. Wie *meine* Mutter, dachte ich, wie eine hässlichere, dunklere Version meiner Mutter, die plötzlich zärtlich werden will.

Ana stand in der Tür und sah uns an.

«Draußen regnet's. Wir können eine Regenszene drehen! Lescek macht mit.»

Lescek kam hinter ihr die Stufen hoch. Besoffen. Er musste sich an Ana festhalten, und sie schwankte auch, der Haarreif mit dem Plastikhorn saß ihr schief auf dem Kopf. Lydia machte ein Gesicht wie ein Engel.

«Kommt rein. Wir haben uns gerade unterhalten.»

Mir kam nichts über die Lippen. Ich nahm an, dass Ana mir das mit den Filmszenen gar nicht glauben würde, dass sie wieder sagen würde, ich solle keine Gespenster sehen.

Aber ich konnte aufstehen.

Mein Körper war wieder da.

Ich schob Lescek zur Seite und zog Ana an der Hand mit raus, wir stolperten die Stufen runter, und ich zog sie Stück für Stück durch den Schlamm, obwohl sie schimpfte und sich loszureißen versuchte. Ich wusste, dass ich gar kein Ziel hatte und dass ich hinfallen würde, aber ich kämpfte mich weiter nach vorne. Geradeaus.

Dann lag ich.

Um mich herum war es kalt.

Ana sagte, ich hätte ihr wehgetan. Lydia sagte, dass ich nichts dafür könne, weil ich zu breit und besoffen sei. Und dass sie mich jetzt ins Bettchen bringen werde.

Und dass Ana und Lescek schon mal ins Warme gehen sollten.

6

Als ich zu mir kam, war ich immer noch in Lydias Film. Es war das Erste, was ich sah: das rote Auge. Es sah mich an, und als ich aufstand, zuckte es zurück wie eine Katze und verschwand aus dem Tor.

In diesem verlassenen Sägewerk. In dem ich anscheinend war.

Und als ich die Straße runterging, komplett durchgeweicht, verdreckt und frierend, konnte ich das Plastikfenster von Lesceks zerbeultem Wohnwagen leuchten sehen. Ich ging schneller und fing an zu rennen. Ich hoffte, dass sie nur reden oder trinken würden, dass sie nur Karten spielen oder kiffen oder sonst was machen würden, aber ich wusste es schon. Als ich durch das Fenster sah, bewegte sich Anas nackter Rücken dahinter. Auf und ab. Ihre Klamotten lagen auf dem Boden. Zusammen mit Lesceks Klamotten.

Ich drehte mich um. Ich ging geradeaus. Ich lief und lief, und irgendwann stand ich in einer riesigen, leuchtenden Pfütze unter den Laternen. Ich schüttelte mich und versuchte, woanders aufzuwachen, das hier hinter mir zu lassen wie einen Tagtraum, wie ein flüchtiges Wahnbild, das man noch aus dem Traum mitnimmt. Aber es war real. Ich konnte nur weiter durch die Pfützen gehen. Ich konnte nur Steine gegen die Wände der Hochhäuser werfen und diese schlechten kleinen Geräusche erzeugen, die niemand hörte: *plik plik plik*.

Als ich irgendwann wieder durch das Fenster sah, waren sie immer noch beschäftigt. Lescek nahm sie jetzt von hinten, ganz langsam. Mit dem Rücken zu mir. Anas Füße zuckten, sie hatte ihre Tennissocken noch an, wie immer. Ich musste daran denken, wie sie mal gesagt hatte, die meisten Menschen fänden, dass die Socken unbedingt ausgezogen werden müssten beim Sex. Und dass es erstaunlich passend sei, dass ich es gut fand, weil sie es sowieso oft vergesse. Und dass wir so ineinanderpassten.

Ich sah ihre weißen Shorts auf dem Boden. Ihre Springerstiefel. Den Haarreif mit dem Plastikhorn. Lescek bewegte sich schneller. Er fickte sie.

Lydia filmte nicht drinnen, sie filmte draußen. Das rote Auge war hinter mir im Wasser.

Ich rannte, ich sah Lydia rennen, ich sah ihren segelnden Tellerhut, ich wollte sie kriegen, aber ich fiel immer hin. Dann war um mich herum Gebüsch, und ich machte die Augen zu. Ich tat jetzt vor mir selbst, als würde ich schlafen.

Später war der Regen schwächer geworden. Ich robbte ein Stück vor und sah Ana und Lescek vor Lesceks Wohnwagen stehen. Sie wirkten wie aus grauem Knetgummi in der ersten Morgendämmerung, sie trugen graue Thermojacken, die ich nicht kannte, wahrscheinlich hatte Lescek sie irgendwo geklaut. Ana schwankte immer noch. Sie sah sich um, als würde sie nach mir suchen. Einen Moment sah sie in meine Richtung, ohne mich zu sehen, und ihr Gesicht wirkte müde, und ich liebte sie. Ich wusste, dass wir verbunden waren. Sie sah aus wie ein dick eingepacktes, verlorenes Eskimokind, auf das ich aufpassen musste. Ich sagte mir, dass es nicht ihre Schuld war, dass es mit dem kranken Chaosgehirn zusammenhing, in dem wir uns hier befanden. Wem auch immer es gehörte. Vielleicht war es meins oder Lydias. Oder Lesceks. Aber Anas war es nicht, Ana war einfach nur Ana. Sie hatte kein Ziel.

Drüben bei den Hochhäusern schwelte ein Sperrmüllhaufen, der in der Nacht angezündet worden war. Ich sah Lescek dort stehen, ich sah, dass Ana in die andere Richtung die Straße runtertorkelte. Mein Hals war voller Schleim, und mein ganzer Körper war steif, aber ich wusste, dass ich es jetzt machen musste; ich schlich zu Lesceks Wohnwagen und stieg vorsichtig ein, ich versuchte, das zerwühlte Bett nicht zu beachten.

Sie lag direkt vor mir auf dem Tisch. Als hätte er sie extra für mich bereitgelegt. Zusammen mit dem Schulterholster und dem Lederetui für die Patronen.

7

Viel später an diesem Tag regnete es immer noch und wieder stärker. Ana lag auf der Matratze und machte die Augen nicht auf, zog nur die Augenbrauen zusammen, als ich ihr einen Becher Wasser übergoss. Es sah aus, als wollte sie sich ganz fest darauf konzentrieren, nicht aufzuwachen. Direkt über der Matratze hing ein iranisches Faltblatt von der kommunistischen Partei, das sie von ihrem Vater bekommen hatte, obwohl sie die Schrift gar nicht lesen konnte. Daneben zwei Fotos von ihrer Mutter, fast identische Passfotos, eine freundlich guckende junge Frau mit einem blauen Kopftuch und Anas Augen. Ich sagte mir, dass sie sicher meiner Meinung wäre, dass sie es sicher gut finden würde, was ich hier tat.

Ich ohrfeigte sie. Sie murmelte schwach. Nur sehr langsam schien die Erinnerung zurückzukommen, und es sah nicht aus, als würde sie ihr gefallen.

«Wo warst du denn?», sagte sie.

«Überall», sagte ich. «Ich hab euch gesehen.»

«Wann?»

«Wann ist egal, wir verschwinden jetzt von hier. Lydia hat uns heimlich gefilmt, und zwar die ganze Zeit. Aber du begreifst es eh alles nicht.»

Sie hatte sich aufgesetzt, versuchte mich anzusehen und sah dann doch auf den Boden.

«Wann hat sie uns gefilmt?»

«Egal. Immer eben.»

«Also, das andere, das war eigentlich nur Spaß gewesen, weißt du?»

«Ja, ja, ich wurde auf die Art gezeugt.»

«Was hat das denn damit zu tun? Es war wirklich nur Spaß, das kann man doch machen, oder? Willst du immer nur mit mir schlafen, nur weil wir zusammen sind?»

«Ja.»

Ich drehte mich um und ging zum Fenster, während sie hinter mir rumdruckste und sich anzog. Ich überlegte, ob ich wirklich komplett naiv war, aber es kam mir eigentlich nicht so vor. Wenn ich es bin, dachte ich, werde ich es auf jeden Fall ab jetzt nicht mehr sein.

«Na ja», sagte sie.

«Was NA JA?»

«Ich versteh es schon, dass Lydia komisch ist. Aber ansonsten war es nur so aus Quatsch gewesen, weißt du? Du denkst immer zu viel.»

«Du denkst immer ZU WENIG, dir sind alle egal!»

Ich sagte mir, dass ich hart bleiben musste, dass sie sich wahrscheinlich sogar wünschte, dass ich nicht immer so schwach war und sie alles machen ließ wie ihr Vater. Meine Sachen hatte ich schon gepackt. Die Pistole hatte ich in der Tasche meines Parkas. Ich wollte sofort los, und zwar mit ihr, ob sie wollte oder nicht.

«Es ist doch entspannt. Findest du nicht, dass man das alles locker sehen kann, wenn es nur Ficken ist?»

«Sag nicht Ficken.»

Sie kam jetzt ganz langsam und umarmte mich von hinten, als wäre es romantisch, als wollten wir den Ausblick aus dem Fenster genießen, den Blick in den Regen, und ich zuckte, während sie mir über den Kopf zu streicheln versuchte. Aber ich fror, und sie war warm, und als ich sie halbherzig wegstieß, kam sie eh wieder.

«Es ist doch wirklich nur Geficke», flüsterte sie. «Es ist nur ein bisschen Geficke. Und es ist ja auch ganz anders als mit dir. Ich war eben total besoffen. Wenn wir ficken, ist es doch etwas ganz anderes.»

«Sag nicht immer Ficken.»

«Aber es ist doch Ficken! Es ist nichts anderes als Ficken. Und bei UNS ist es eben ein ganz anderes Ficken!»

Das Wort war das Schlimmste überhaupt. Draußen donnerte es schon wieder; alles war von Wasser verdeckt.

Dann spürte ich, wie sie hinter mir anfing, ihre Sachen zu packen. Ich atmete flach, ich bewegte mich kein Stück, obwohl ich das Gefühl hatte, gleich umzufallen vor Erleichterung. Ihre Stimme war jetzt leise und hastig. Sie sagte, sie käme natürlich mit und wir sollten sofort los, dann müsste sie die anderen auch nicht mehr sehen. Sie sagte, sie liebe mich, sie wolle mich nicht verlieren. Ich sei der einzige Mensch, der ihr überhaupt wichtig sei auf dieser Welt, neben ihrer Mutter.

Als ich mich umdrehte, war sie schon aus der Tür.

Die Blitze machten etwas mit meinem Blut.

Es fühlte sich an, als wäre ich innerlich vergoren und gleichzeitig von einer neuen, fast unnatürlichen Kraft erfüllt. Es hatte auch mit der Browning zu tun und damit, dass Ana so kränklich vor mir herlief und dass ich der sein wollte und der sein würde, der sie beschützte. Ihr Rucksack war zu groß für sie, sie schwankte hin und her, und ihr Kleid war zu dünn, es war eins von Lydias Kleidern, rosa, dazu trug sie die grünen Knieschützer, die sie im Sperrmüll gefunden hatte. Sie sagte, sie würde das Kleid behalten, das sei die Mindestgage für den Film, den Lydia wahrscheinlich ins Internet stellen und sich tausendmal ansehen würde. Sie wolle es gar nicht wissen.

Dann lief sie wieder vor, an rasselnden Drahtzäunen und klappernden Lagertoren vorbei, durch die elektrisch geladene Luft.

«Ist alles wieder okay?», rief sie. «JA?»

«Als Erstes ziehst du mal deine Jacke an», rief ich. «Du frierst dich ja tot.»

Sie nickte ganz brav und stellte ihren Rucksack ab. Während sie nach ihrer Jacke wühlte, holte ich schnell eine Patrone raus, lud die Browning durch und schoss in die Luft.

Arme durchgestreckt. Augen weit offen.

Ich fühlte mich danach; ich wollte einfach mitlärmen bei diesem Gewitter; ich wollte Lescek sagen, dass er sich seine Pistole ruhig wiederholen konnte, wenn er sich traute.

Ana weinte. Zumindest sah es ein bisschen danach aus im Regen. Ich hatte sie erschreckt. Aber mir wurde warm, weil sie gleichzeitig zu lächeln versuchte und weil ich wusste, dass es genau richtig war, sie zu erschrecken. Es sah aus, als wollte sie mich darum bitten, sie von hier wegzubringen, als würde sie auch spüren, dass wir etwas viel Solideres anfangen mussten. Ich sah es ganz deutlich. Ich konnte es spüren. Etwas anderes als dieser Märchenkram. Etwas mit Zukunft und Geld.

Dann rannte sie vor, die Blitze zuckten rhythmisch; der erste Blitz: Ana im grünlichen Regen, dick eingepackt in ihren Parka. Der zweite: Ana noch weiter vorne, mit einem schrägen Lächeln. Der dritte: Ana auf einer Betonröhre balancierend, die Arme ausgestreckt.

Ich möchte das Oberhaupt einer persischen Großfamilie sein

1

Ordnung ist das halbe Leben. Ordnung ist eigentlich sogar alles, und alles ist miteinander verflochten, denke ich. Während wir durch die Teheraner Straßen fahren. Durch den irrationalen Verkehr, durch das Chaos aus Mopeds, Schrottautos, rotem Staub und Händlern. Hinter dem aber eben, denke ich, immer stärker eine Struktur sichtbar wird, vielleicht sogar ein schicksalhaftes Muster, das ich hier vorsichtig wahrnehme. Indem ich mich nicht blenden lasse von der Sonne, von den bunten Mosaiken der Palastmauern, die in der Mittagshitze funkeln und leuchten. Indem ich mich von gar nichts blenden lasse.

Sitze hier im Gegenteil mit einem besonders kühlen, sortierten Kopf in Abus Schrottkarre, stadtauswärts unterwegs.

Denn das Versteck von Anas Mutter befindet sich nicht grade um die Ecke, aber wir haben ja die Adresse, der Derwischmann hat sie uns aufgeschrieben. Und dass wir ihn nicht mitgenommen haben, war auch genau die richtige Entscheidung – es wäre nur unnötig kompliziert geworden mit diesem Typen.

Brettern also sehr orientiert aus der Stadt.

Finden hier den Ausgang und fahren in dieses abrupt beginnende Land.

Ich sehe mit einem Auge noch den blütenweiß leuchtenden, in sich verdrehten Freiheitsturm auf dem Azadi-Platz und mit dem anderen Auge schon den kreisenden Adler, der plötzlich wie ein lebloser Gegenstand ins Tal fällt. Abus Vater drückt das Pedal durch, und wir jagen eine Gebirgsstraße rauf und runter, nehmen die Kurven eng, verlieren keinen Meter. Bleiben dann hinter Schrottlastern hängen, die das Vielfache ihres Eigengewichts geladen haben. Obendrauf sitzen Arbeiter und verfolgen mit trägen Augen unser Pendeln, während Abus Vater es fertigbringt, mit einer Hand den Sitz zu verstellen und mit der anderen Hand hin und her zu lenken, und gleich ist die Lücke wieder da, und wir jagen in einen Ausschnitt greller Sonne.

Essen dazu kandierte Fruchtwürfel, die uns Mutter Merizadi reicht.

Sie sitzt auf der Rückbank zwischen Robert und mir, holt auch Pflaumen, Nüsse und süßen Zwieback aus ihrer Tüte. Sie will ihren Vater besuchen, wenn wir sowieso ans Kaspische Meer fahren, hat sie gesagt. Schließlich sei sie ja auch in Sari geboren, auf einer Orangenfarm, im selben Dorf wie Anas Mutter.

Ihr Gesicht macht richtig mit beim Sprechen, ihre ganze Kindermimik ist in Bewegung, während sie uns handwarme Pistazien reicht. Zwischendurch ist mir, als würden wir ein bisschen zusammenwachsen in dieser engen Karre, in dieser einlullenden Hitze, vier Quadratmeter warmes, zusammengepresstes Fleisch. Draußen fliegen lehmfarbene Minarette und Reisplantagen vorbei.

Robert erzählt dazu, völlig unpassend, etwas über *Zwiegesichtigkeit*. Über Schizophrenie also, wie er uns erklärt.

Ich weiß gar nicht, wie er dazu kommt – plötzlich holt er auch noch seine Holzschatulle mit den Medikamenten raus, erzählt ganz offen von seinem Psychiatrieaufenthalt. Es ist das erste Mal, dass ich ihn das Wort *Schizophrenie* aussprechen höre.

Dieser Tyrhkrdn, sagt er, sei nämlich seines Erachtens auch leicht schizophren gewesen.

Was aber gar nicht bedeuten solle, dass er nichts draufgehabt hätte, das nicht, das eine schließe das andere ja nicht aus. Im Gegenteil: Leute wie er und Tyrhkrdn würden eben häufig mit beidem in Verbindung gebracht, mit Wahnsinn und mit Weisheit, das sei schon immer so gewesen. Es käme auf den Kulturkreis an und auf die Epoche – mal verbrenne man den Zwiegesichtigen, mal baue man ihm Kirchen, mal schicke man ihn in die Psychiatrie, mal lasse man ihn ein ganzes Land regieren.

«*Der Schizophrene in der Geschichte*», erklärt er. «*Religionsgründer und Ketzer*. Hab ich mal ein Buch gelesen.»

Mutter Merizadi nickt ganz zufrieden, obwohl sie ihn nicht verstanden haben kann, denn er sagt es nur auf Deutsch. Aber auch ich verstehe es nicht, zumindest bin ich mir nicht sicher, ob er es ernst meint. In seinem Lächeln ist etwas ungewohnt Selbstironisches, als wollte er witzig sein und nebenbei sticheln, weil er besser mit dem Derwischmann fertig geworden ist als ich. Mir fallen seine Bartstoppeln auf und sein irgendwie ausgeprägteres Kinn – als wäre es in der letzten Nacht etwas nach vorne gewachsen.

Jesus, sagt er, sei ja auch schizophren gewesen. Andernfalls hätte er doch kaum Gottes Stimme hören können. Oder zum Beispiel auch Newton. Dem sei ja ein Apfel auf den Kopf gefallen.

«Ja und?», sage ich. «Und wieso überhaupt Jesus? Du glaubst doch selber an Jesus.»

«Ich bin ja auch schizophren», erklärt er mir.

Von Mutter Merizadi gibt es dazu ein gutgelauntes Nicken. Sie meint aber nicht Robert, sondern die Landschaft draußen. Er sieht mich einen Moment vollkommen ernst an, vollkommen klar und selbstbewusst. Und reicht mir seine handwarmen Pistazien rüber.

Sphinx Robert, denke ich. Mit seinen Pusteln am Hals.

Wobei er nach und nach eine angenehm ansteckende Geselligkeit entwickelt, sogar der Vater beginnt jetzt zu reden. Es geht um deutschen Motorsport und Michael Schumacher. Er lächelt sogar zum ersten Mal kurz. Als wollte er eigentlich nicht emotional sein, wäre es aber doch.

«Mein Vater kennt sich mit Autos und Autosport aus», sagt Abu. «Er ist der beste Taxifahrer bei sich im Unternehmen!»

Während Robert ganz unbekümmert anfängt, über *mich* zu sprechen, als wäre ich irgendwie zu verkrampft und er müsste jetzt an meiner Stelle reden.

Dass ich ja damals mit Ana von zu Hause abgehauen

sei, weg von ihm und seiner Mutter, und dass er aber noch eine ganze Weile mit mir gekommen sei, auf seine Art, nämlich in Gedanken. Das merke er jetzt, wenn ich ihm davon erzähle. Wobei er heute, anders als früher, nicht mehr glaube, dass wir seelenverwandt sind. Also keine Brüder oder etwas in der Art. Eher Freunde. Er sei mir also nicht mehr böse, dass ich einfach so abgehauen bin, das nicht – aber wir seien da sehr unterschiedlich, sehr unterschiedliche Freunde eben. Er bleibe eher zu Hause und lese und beschäftige sich geistig, während ich unbedingt herumrennen und mich an äußeren Dingen abarbeiten müsse. Ich sei da in gewisser Weise vielleicht noch etwas jünger. Ich wisse noch nicht, dass alles innen ist, dass es die inneren Dinge sind, mit denen man kämpft.

Abu hört nach der Hälfte auf zu übersetzen, etwas beschämt, weil Robert eigentlich nur zu mir redet. Aber ich kann auch nichts sagen. Ich hatte mir fest vorgenommen, ihn darauf anzusprechen, ob er noch sauer ist wegen früher – anscheinend kann er jetzt auch Gedanken lesen und antwortet schon, bevor ich frage.

Draußen: flaches Land.

Termitenhügel, die in der Sonne zittern.

2

Später, als es schon dunkel ist, hänge ich mit dem Gesicht an der Rückscheibe, weil ich hinter uns diesen grünen Pkw entdeckt habe. Abu sieht sich auch um und sagt, da sei nichts, aber ich erahne ihn immer wieder in der Ferne: Er scheint ein Stück über der Straße zu schweben, was wohl an der Luft liegt, die immer noch kocht. Auch an dem unregelmäßigen und verschiedenfarbigen Licht der vereinzelten Laternen, die inzwischen angegangen sind und eigentlich nur Verwirrung stiften.

Der Pkw des Soldaten aus Teheran – zumindest sieht es ganz danach aus. Er ist immer nur kurz in Sichtweite, fällt dann geschickt zurück, wird wieder von der Dunkelheit verschluckt.

Mutter Merizadi sagt, ich solle mir keine Sorgen machen, nur weil ich ein grünes Auto sehe, das sei sicher ein Zivilist. Und außerdem sei das Kaspische Meer ein guter und sicherer Ort, an dem Ana sich bestimmt wohl fühle, sodass also alles bestens sei. Die Leute am Kaspischen Meer seien insgesamt freier und internationaler, von ein paar Ausnahmen abgesehen – sie freue sich schon darauf. Im Übrigen finde sie es sehr schön und romantisch, am Kaspischen Meer seine Freundin wiederzutreffen, Ana werde es sicher auch romantisch finden. Vater Merizadi sei auch mal so romantisch gewesen, aber das sei leider lange, lange her.

Daraufhin kommt von vorne ein Lachen und ein Grunzen. Die Familie ist in Ferienstimmung und Robert offenbar auch. Er schält Orangen für den Vater, redet bei allem mit, benutzt sogar persische Worte, die ich nicht kenne.

Aber ich *sehe* nun mal dieses Auto hinter uns, und für einen Moment kommt es mir sogar vor, als würden Abu und seine Mutter mich mit Absicht davon abbringen wollen.

Abu sagt, es sei sicher nur die allgemeine Grundangst, die mich gepackt habe, diese Grundangst, mit der man in diesem Land ja immer rumlaufe. Das sei normal, und es sei schlimm, und deshalb wolle er ja eines Tages auch hier weg. Aber ich sei eben überhaupt nicht daran gewöhnt und könne die Dinge deshalb nicht richtig einschätzen.

Dann legt er eine Kassette ein und erzählt etwas über Sima Bina, seine Lieblingssängerin.

Und ich versuche, mich langsam wieder rauszusteigern.

Vielleicht liegt es auch einfach an der Müdigkeit und an der Platzangst in dieser engen Karre, sage ich mir, und am übertriebenen Fahrstil des Vaters, der Verfolgungsjagd suggeriert.

Als ich das nächste Mal die Augen aufmache, ist es schon Nacht geworden. Wir stehen am Straßenrand. Robert schläft neben mir auf dem Rücksitz, zusammengerollt wie ein kleiner Junge.

Von draußen kommt orangefarbenes Licht, ich sehe ein kleines Steinhaus mit einer Leuchtschrift über der Tür und ein paar Kleiderständer, T-Shirts und Camouflage-Plastikjacken. Etwas unsinnig in dem Nichts, in dem wir uns hier zu befinden scheinen. Ich will grade aussteigen, als ich plötzlich zwei Männer sehe, die vorgebeugt und mit ausgestreckten Händen an einer Mauer lehnen – ein Soldat tastet sie von hinten ab.

Ganz langsam und selbstverständlich.

Ein zweiter Soldat steht mit einem Maschinengewehr dahinter. Erst denke ich, die beiden Männer sind

Abu und sein Vater, aber es sind zwei dunkelhäutige Männer mit Wollmützen auf dem Kopf. Nach einer Weile lässt der Soldat von ihnen ab und zündet sich eine Zigarette an, und der andere nimmt sich auch eine aus der Schachtel, während er mit der anderen Hand weiterhin sein Gewehr auf die Männer richtet.

Ganz locker und lässig. Das Weiß ihrer Augen glänzt im Scheinwerferlicht eines vorbeifahrenden Autos. Sie sehen in meine Richtung und reden.

Plötzlich rutscht mir der Türgriff aus der Hand, weil meine Hände schwitzen, die Tür geht ganz auf, und der Soldat richtet das Gewehr auf mich.

Nach einem Moment lächelt er. Er sagt etwas zu seinem Kollegen, und der nickt und lächelt auch.

Ich weiß nicht, ob ich die Hände heben soll. Mein Herz schlägt bis zum Hals.

Dann kommen Abus Vater, Abus Mutter und Abu aus dem Steinhäuschen und bleiben stehen, anscheinend waren sie länger drinnen und haben nichts mitbekommen. Der Soldat macht eine Bewegung mit dem Gewehr, zeigt an, dass sie schnell ins Auto gehen sollen.

Das machen sie, sie kommen schnell rüber, steigen schweigend ein und werfen Getränke und Kartoffelchips auf die Rückbank, und Abus Vater lässt den Motor an und lenkt den Wagen langsam auf die Straße.

Erst nach einer ganzen Weile frage ich, was eben passiert ist. Die Straße ist leer, und die Laternen sind hell, aber Abus Vater hat das langsame Tempo beibehalten.

Mutter Merizadi ist inzwischen wieder damit beschäftigt, Pistazien zu schälen; Abu hat leise das Radio angemacht und raucht.

Er sagt, ich hätte es doch gesehen, und ich hätte es ja selber herbeigeredet, das *sei* nämlich gefährlich gewesen, damit könne ich zufrieden sein. Dann schnippt er seine Zigarette aus dem Fenster und sagt, er habe es nicht so gemeint. Ich hätte es natürlich nicht herbeigeredet. Aber es sei trotzdem anstrengend, wenn ich die ganze Zeit über Soldaten in irgendwelchen Autos reden würde, das führe zu nichts. Wenn da welche seien, hätten sie jedenfalls nichts mit uns zu tun. Und mit den beiden alten Männern hätten wir ja auch nichts zu tun gehabt, deshalb sei es egal, er wisse nicht, was da los gewesen sei.

Robert hat überhaupt nichts mitbekommen, er schläft immer noch. Vor uns färbt sich die Straße rosa im Sonnenaufgang.

3

Gegen Mittag: rauschende, dunkelgrüne Wälder, mit 180 Stundenkilometern bergaufwärts, Adrenalin und Schwindel auf der schmalen Straße, gegen die Scheiben peitschende Zweige. Ich wache aus einem diffusen Schlaf auf, merkwürdig erschöpft von dem kurzen Halt in der Nacht, in engem Körperkontakt mit Mutter Merizadi, die neben mir auf der Rückbank sitzt und wieder genauso fröhlich redet wie zuvor.

Ab und zu klafft eine Lücke auf im Dickicht, und

Sonnenlicht flutet herein: plötzliche, irreal tiefe Täler, winzige Dörfer, bis das kühle Grün wieder dazwischenrauscht. Auf der Straße hinter uns weit und breit kein Auto, kein grüner Pkw, ich beschließe, mich jetzt wirklich zusammenzureißen. Ich denke an heute Abend. Ich überlege, ob Ana anders aussehen wird in dieser Umgebung.

Robert redete mit Abu über Sima Bina. Wir haben ihm nichts erzählt.

Mutter Merizadi ruft bei ihrer Familie an. Sie sagt Bescheid, dass wir gegen sechs Uhr ankommen, und gibt schon mal die Adresse von Anas Mutter durch, schickt per Telefon einen Onkel namens Bizhan los, um sie zu holen. Sodass wir, sagt sie, später gemeinsam zu Abend essen können.

Ana und ihre Mutter und die Merizadis und wir.

Opa Kavehs Orangenfarm öffnet sich wie ein dunstiger Traum auf einer Lichtung zwischen zwei Wäldern, als wir aus dem Auto steigen. Nicht weit vom Kaspischen Meer entfernt, in der ersten Abenddämmerung. Hier und da liegen vermoderte Wagenräder im hohen Gras, schmale verrostete Schienen verlaufen im Gebüsch, wie bei einer Goldmine. Geruch von Schlamm und Zitrone, etwas Salz in der Luft.

Wir treten durch ein halbversunkenes gusseisernes Tor, und dahinter geht es auf einem Hängebrückchen über einen seichten, brackigen Fluss zur Mitte der Farm, zu diesem zerfallenen, aber reichverzierten Haus: Löwenköpfe stützen die Fenster, über dem Eingang umarmen sich Schlange und Adler. Auf der Terrasse davor sitzt schon die ganze Familientruppe auf Teppichen zusammen.

Gefühlt hundert Augen.

Die uns da entgegenblinzeln.

Tatsächlich kennen sie sogar schon unsere Namen. Ich schüttle Hände und höre immer wieder *Rupert Robert Rupert Robert*, während die bunten Glühbirnen in den Orangen-, Papaya- und Granatapfelbäumen heller und dunkler werden. Irgendwo gibt es einen Generator, der offensichtlich nicht ganz funktioniert. Weiter hinten sind zwei große Zelte aufgebaut, weil nicht alle im Haus Platz fänden, erklärt Abu, und weil es außerdem ein paar Verwandte gebe, die ihren Rückzugsraum bräuchten, die dort ihren Gebeten nachgingen oder etwas Ähnlichem, ich verstehe es nicht ganz.

Ein Großfamilientreffen, in dem wir uns hier wiederfinden.

Und das anscheinend zufällig grade heute stattfindet.

Ich sitze neben Vater Merizadi und Abu im großen Sitzkreis auf dem weichen Teppich vor dem Haus.

Wobei ich eigentlich *in* ihnen sitze.

Ich versuche, irgendwie wegzurutschen, weil ich nicht unhöflich sein möchte, aber sie quetschen mich von beiden Seiten zusammen, und es scheint so gedacht zu sein: Der ganze Sitzkreis sitzt mehr oder weniger ineinander, tatsächlich sind es etwa sechzig Leute, deren Namen Abu nach und nach nennt. Dina, Sami, Sina, Mina, Ali, Kira, Kian … Und als ich die Augen zusammenkneife, kommt es mir vor, als bestünde die ganze Familie überhaupt nur aus einem einzigen Körper. Ein einziges, großes, gemütliches Wesen mit vielen Händen, die Mücken verscheuchen und Weintrauben in Münder stecken.

Mit einem einzigen Gehirn ausgestattet, denke ich.

Mit einer einzigen großen Familienwirklichkeit, in einem geordneten Gemeinschaftsgehirn.

Zumindest wandern das Obst und die Tabletts mit den Fladen wie von selbst durch die Runde. Dazu gibt es unter anderem Schafskopffleisch mit gelbem Fett. Ich sehe zwei Häufchen Hirn in bemalten Porzellanschüsselchen vorbeischweben und die Schafsköpfe selbst auf einem Tablett, komplett mit Zähnen und Gesichtsausdruck. Zur Dekoration. Robert streckt seinen Teller vor, während ihm von beiden Seiten etwas angeboten wird. Es habe mit Naturverbundenheit zu tun, das zu essen, sagt er zu mir. Auch mit Heimatverbundenheit und mit Ursprünglichkeit. Überhaupt gebe es hier einiges zu lernen für uns, die wir ja doch etwas degeneriert seien durch unsere Hippiemütter.

Die Solidarität, sagt er. Dieses Gemeinschaftsgefühl. Wie hier alle eine Sprache sprächen, jetzt im übertragenen Sinne. Und die Sanftheit der Frauen. Oder die Männlichkeit der Männer.

Ich sage nichts, ich nehme den Mokka entgegen, den Abu uns in winzigen Tassen serviert, schwarze Löchlein, vor denen wir schweigend sitzen, während aus einem knackenden Gebüsch ein weiteres Auto bricht. Ganze Mengen von Körperteilen entsteigen dem Wagen und sortieren sich locker dazu. Die Familie lagert, und wir lagern mit. Und auf einem seitlichen

Haufen lagern die Ledergamaschen, die Frauenschuhe und Sandalen, ebenfalls eng ineinander.

Ich frage: «Ist Onkel Bizhan denn schon zurück? Kommt er bald?»

Der komme bald, sagen sie. Wir sollten jetzt Opa Kaveh kennenlernen.

Da entsteht er auch schon. Schlurfend, aus den Weiten seines dunklen Gartens heraus. Mit seiner dicken Hornbrille, die Jogginghose bis unter die Brust hochgezogen, auf dem Kopf eine Wollmütze.

Wacklig und alt.

Abu steht sofort auf und hilft ihm die Stufe zur Terrasse hoch, und im nächsten Moment sitzt er zwischen Robert und mir und massiert meine Hand mit den Daumen. Robert zuckt mit den Schultern, die anderen scheinen sich gar nicht dafür zu interessieren – sie reden laut durcheinander. Ich versuche zu erkennen, ob Opa Kavehs Blick noch klar ist oder ob er gar nicht mehr weiß, wer hier wer ist – aber ich sehe es nicht, er massiert mich vom Unterarm aufwärts und redet angeregt in die andere Richtung.

Lässt dann von mir ab und malmt Lammfleisch mit seinem zu großen Gebiss, das ihm immer halb rausrutscht. Und seine Frau schüttelt den Kopf, weil er sich nicht helfen lassen will mit dem Schneiden und weil sie das Problem wohl schon kennt – mehrere schütteln den Kopf darüber. Und mehrere sagen mir, dass Onkel Bizhan bald käme. Und dass Bizhan ein sehr zuverlässiger Mann sei, sehr stark und sehr fromm.

Und ich frage mich, was das heißen soll, wenn ein

sehr frommer Mensch losgeht, um eine Kommunistin aus einem Versteck abzuholen. Aber ich sage lieber nichts, die Blicke sind schon etwas gekränkt, weil ich nichts essen will, weil ich meinen Teller immer wegschiebe, woraufhin er mir mit einer großen Portion Fleisch drauf wieder zurückgeschoben wird.

Was ich nach und nach verstehe, ist, dass man hier streitet, über alles und nichts, über Sport und Politik und Religion – aber es ist offenbar eine lustvolle Sache. Abu kommt mit dem Übersetzen kaum hinterher. Opa Kaveh diskutiert mit dem Mann neben ihm über die Russenmafia und wie gefährlich die sei – erzählt uns dann, wie er als junger Mann mit dem Lkw durch die Wüste fuhr und Schiffsschrauben durch die Gebiete der Russenmafia transportierte. Und dass er selbst ja weder Russen noch Chinesen noch überhaupt Kommunisten ertragen könne. Dazu schwimmen seine Augen merkwürdig glücklich hinter den dicken Gläsern. Aber es hat sicher nichts mit Ana und mir zu tun, was er sagt, denke ich, er ist eben tatsächlich nicht mehr ganz klar.

Die Tanten streiten währenddessen über ein ganz anderes Thema, sie schenken sich gegenseitig Tee nach und keifen sich an.

Von rechts redet einer der jüngeren Onkel auf uns ein, er sagt, er sei Christenbuddhistenjudenmoslem, eigentlich alles zusammen, weil er modern denke, und was wir denn seien? Er reicht mir den Schlauch einer Wasserpfeife, auch die anderen Männer saugen an den Schläuchen, während die Frauen plötzlich wieder stiller werden und abräumen – wohl infolge einer inneren Dramaturgie.

Die Männerrunde rückt noch näher zusammen. Robert sagt zu dem Onkel, dass er hauptsächlich Christ sei, und ich sage, dass ich es nicht weiß, dass ich eigentlich gar nichts bin, zumindest bislang – und daraufhin nickt der Onkel, als hätte ich etwas sehr Kluges gesagt. Auch die anderen Männer nicken, ich bin irgendwie vorhanden mit meiner Meinung, auch wenn ich keine habe. Als hätten sie mich schon ausreichend eingeschätzt. Und Opa Kavehs Augen bewegen sich in diesem Moment gruselig schelmisch hinter der Brille, seine Hundebacken hängen, weil er sein Gebiss rausgenommen hat: Ein brauner, unförmiger Knochen auf dem Teller. Als er auch noch seine Brille abnimmt, sieht sein Gesicht noch tausendmal älter aus, fast nicht mehr menschlich. Er ist ein Morgenland-Hobbit geworden, denke ich. Aber ein harmloser Morgenland-Hobbit, keiner, der irgendwie fanatisch wäre, nehme ich an. Was sagt er mit seiner kleinen, langsamen Stimme?

Dass ich hier mein Ende finden werde.

Ich sage: «Was?»

Dass ich hier ein gutes Ende finden werde, sagt Abu schnell.

Nein, nein. Es heiße wirklich *gutes* Ende. Er habe es versehentlich falsch übersetzt.

Als ich über dem Erdloch im Klohaus hocke, schüttle ich den Kopf. Dass ich schon wieder Gefährliches erahne, wo gar nichts Gefährliches ist – wobei ich mich jetzt in der dunklen Stille mehr und mehr beruhige. Denn diese Leute werden vielleicht teilweise religiös sein, aber deshalb sind sie ja nicht gleich aggressiv.

Auch wenn ich jetzt diese rhythmischen Stimmen höre, aus Richtung der beiden großen Zelte. Und auch wenn sich diese Stimmen etwas *zu* rhythmisch anhören, als wollten sie mit ihrem Gesang Geister bändigen oder irgendwas beschwören. Und auch wenn ich mich in der Dunkelheit und im Rhythmus dieser Stimmen blind fühle und nach mir selber taste, nach dem Wasserschlauch.

Wenn ich aber will, denke ich, kann ich mich ja genauso gut *entspannt* und *heimisch* fühlen. Autosuggestion.

Indem ich nämlich einfach denke und entscheide, dass auch ich hierhergehöre, dass ich vielleicht schon immer hier gelebt und gearbeitet habe, als Orangenpflücker.

Ja, ich kann mich sogar ernsthaft *verwandeln*, wenn ich will, denke ich. Ich kann aus meinem Inneren heraus zu einem machtvollen Familienoberhaupt werden. Komplett mit Bart und Koran.

Indem ich jetzt langsam zurückkehre aus den Schatten des Gartens, indem ich jetzt in einer pechschwarzen, reichbestickten Abaja erscheine, die bis zu den Füßen geht. Und die mich als jemanden ausweist, der einen Überblick hat über seine Schäfchen, der zwar ein Herrscher ist, aber auch ein Liebender. Ein wahrhaft Liebender, in einem starken, verborgenen Sinn. Und indem ich mich dann zu meiner Frau Anahita setze, die schon auf mich wartet, die mir in verborgener und verhüllter Schönheit heißen Tee eingießt, während wir zusammen in den Sprechgesang einstimmen.

Harrkarrka Harrkarrkarrka.

Hüte dich vor der Mittelmäßigkeit.

Mein Name wird Kiaa, der Herrschende sein.

Während ich aber zurückkomme aus dem Schatten, während ich in das bunte Licht der Glühbirnen tauche und Bizhan gegenübertrete, der plötzlich da ist, mit einem sehr ernsten und harten Gesicht. Und der seinerseits eine Abaja trägt, allerdings eine weiße, und einen dichten Bart. Und der mir sagt, dass es ihm leidtue, dass er Anas Mutter eben unten am Kaspischen Meer gefunden habe. Tot. Und dass er nicht wisse, was dort passiert sei, dass ich aber auf jeden Fall zu spät käme.

In der Realität.

Einsteigen

1

In die Realität einsteigen, dachte ich, darum muss es jetzt gehen. Geld organisieren und in die Realität einsteigen, und zwar *schnell*. Und als Ana dann krank wurde, dachte ich: Perfekt, sie muss sowieso mal eine Pause machen, sie kann nicht ewig so betrunken und überdreht durch die Straßen laufen. Und das nötige Geld kann ich genauso gut alleine organisieren. Es ist sogar unkomplizierter alleine.

Wir hatten uns in einem leerstehenden Haus in der Altstadt eingenistet, im zweiten Stock, in einer schmalen Straße. Wenn ich morgens steif gefroren zum Fenster ging, hing draußen ein Gemisch aus Smog und Sonne, ein gelber Dunst, immerhin wärmend nach der Nacht in den Schlafsäcken. Der Verkehrslärm klang dumpf und fern, unten auf der Straße bewegte sich nicht viel. Ich musste den Kopf weit aus dem Fenster strecken, wenn ich Menschen in Bewegung sehen wollte, aber sie waren da, an der Kreuzung; ich konnte sie erkennen.

«Rupert?»

Ich schloss die Fenster und setzte mich wieder zu Ana auf die Isomatten, direkt unter den großen, hellen Fleck auf der Tapete. An den anderen Wänden gab es ähnliche Stellen, dunkle und helle, in verschiedenen Größen, sodass wir Ratespiele machten, welche Möbel hier mal gestanden hatten. Ich fand, es müsse eine Küche gewesen sein, in der es einen Brand gegeben hatte, Ana meinte, eher eine Geheimbibliothek. Sie redete etwas fahrig, seit sie krank war. Ihre Handflächen waren feucht und kühl.

«Ist es schon Tag?», sagte sie.

«Rede nicht», sagte ich.

Ich wickelte ihr meinen Schal um den Hals und zog den Schlafsack zu, sodass sie etwas von einem kranken Kindchen hatte, wie sie zu mir herausblinzelte. Ganz rot und mit geschwollenen Lidern, aber friedlich. Es gefiel mir; manchmal hatte es fast etwas Witziges, wie benommen und verschlafen sie sich bewegte. Ich gab ihr warmen Schnaps, wie es meine Mutter früher bei mir gemacht hatte, wenn ich krank gewesen war; eigentlich gehörte noch eine Zwiebel dazu: Eine sanfte Lähmung kroch in die Knochen. Man trank drei Gläser und wurde sofort wieder müde.

Unbegreiflich, wie herzzerreißend sie im Schlaf aussieht, dachte ich. Ihr Schnarchen war ein reines Kindergrunzen. Ich kroch nah an sie heran und roch an ihrem Haar, erschrak, als sie plötzlich mit dem Zeigefinger in der Nase rührte, so gründlich und energisch, dass man fast weinen wollte, es sah einfach so unschuldig aus. Wie sie die Nase rümpfte und noch mal rührte, um sich dann mit einem Ruck umzudrehen und in den Tiefschlaf zurückzusinken.

Ich roch.

Ich musste einfach an ihr riechen und ihr Gesicht ablecken. Ich hatte festgestellt, dass sie an unterschiedlichen Stellen ganz unterschiedlich schmeckte: Ihr Hals schmeckte nach Früchtetee, ihre Handgelenke eher salzig – und wenn sie schlief, schmeckte sie insgesamt süßer. Es war ein kleiner Rausch, weil sie es nicht mitbekam, weil ich so heimlich anwesend war mit meiner Zunge und meiner Nase.

Wenn ich jetzt in ihr Ohr flüstere, dachte ich, kann ich vielleicht ihren Traum beeinflussen, vielleicht kann ich in ihren Traum hinein, falls sie nicht sowieso von mir träumt. Und in spätestens zwei Wochen, wenn ich das Geld zusammenhabe, werden wir als Stadtmenschen in einer richtigen Stadtwohnung aufwachen, in der Wirklichkeit.

2

Ich hatte inzwischen dieses klare, entschlossene Körpergefühl entwickelt: dick in meinen Parka eingepackt, trotzdem frei marschierend, im Holster die Browning, in der Jackentasche den Faltplan und die Patronen. Ich wich den Blicken der Passanten nicht aus, auf keinen Fall durfte Schwäche gezeigt werden, so viel war klar: Die Menschen, die es geschafft hatten, konnten Ängste riechen, man musste sich von Anfang an ganz selbstverständlich unter ihnen bewegen, wenn man einsteigen wollte.

Den Faltplan hatte ich im Müll gefunden, ein löchriger Fetzen, der mir nicht wirklich weiterhalf in den verzweigten Straßen; Flaschen rollten über den Bürgersteig, Hunde zerrten an Ketten; erst wenn ich die

Hauptstraße erreicht hatte, wusste ich den Weg – bergauf Richtung Bastianstraße.

Die Wohnung, die wir uns damals rausgesucht hatten, lag im Erdgeschoss, im normalsten Wohnblock der Welt, der aber zugleich der schönste Wohnblock der Welt war, wenn man ein Auge dafür hatte. Es war still, ein graublauer Schimmer hing über dem viereckigen Vorgarten, und eigentlich war mir von Anfang an klar gewesen, dass ich diesen Wohnblock schon länger kannte, aus einem vergessenen Traum oder aus einer Vorausschau, wenn es das gibt: Der Block rückt näher und näher, und dann ist er deutlich vorhanden, exakt mit den drei Schneeballlampen vor den Eingängen, mit den drei Kieswegen und den roten Hausnummern 7–9.

Er füllt den Umriss aus, der schon vorhanden ist im Kopf.

In den Fenstern gegenüber brennt gelbes Licht, aber niemand sieht raus; es ist ein stummes, ungewöhnlich friedliches Viertel in der Dämmerung. Bastianstraße 7–9. Ich habe es gesehen.

Zuerst: dieses bunt schimmernde Wohnzimmer, hinter dem Fenster unten links. Die Lichterkette an der Wand, die Kerzen auf dem Tisch; ein bisschen weihnachtlich schon. Ich musste mich auf die Zehenspitzen stellen, die Hände neben dem Kinn auf dem kühlen Metall, das Gesicht vor der Doppelverglasung: Da war das gemütliche Sofa, das etwas schräg zu mir stand, sodass ich den Hinterkopf des kleinen Jungen sah, ohne erkennen zu können, was er tat. Nach einer Weile verschwand der

Hinterkopf, und es tauchten seitlich zwei Füßchen in blauen Noppensocken auf: blau, weil es ein Junge war, Noppen der Sicherheit wegen. Dann wechselte die Lichterkette ihre Farben, es wurde grünlich und rötlich im Raum, und wieder war es wie in einer Vorausschau, ich hatte es vorausgefühlt: Die Tür geht auf, die rote Mutter kommt rein, und zwar in ihren Puschen, die wie Tatzen aussehen. Denn hier ist sie, und hier gehört sie hin. In diesem knallroten Bademantel, mit diesem hellroten Haar.

Und mit ihr wirkt das Zimmer wie eine Höhle, die Bärenmutter in der Bärenhöhle, die sich zu ihrem Bärennachwuchs setzt – wobei wieder nicht zu erkennen ist, was auf dem Sofa passiert. Ob sie sich ein Bilderbuch ansehen oder leise miteinander sprechen, ob sie vielleicht ein Gespräch wiederaufnehmen, ein Mutter-Sohn-Gespräch, das schon lange läuft und über Jahre laufen wird. Aber nach einer Weile bewegt sich das ferngesteuerte Auto auf dem Teppich. Fährt rückwärts und zweimal im Kreis. Und ich strecke die Zehen durch und weiß, dass ich es bin, der es bewegt. Mit den Augen im Slalom. Auf dem Teppich. Zu mir her.

3

Donnerstagnacht, ein Uhr. Aber eigentlich ist das hier ein Raum außerhalb der Zeit, so kommt es mir vor. Der Himmel ist erschreckend klar, die Sterne stehen ekelhaft winzig und zugleich phantastisch darin, deuten so die Schicksalsnacht an.

Nicht dass ich gleich die ganze Wohnung in die Tasche stecken will, das wohl kaum – aber diese Familie hat mit Sicherheit Bargeld und Wertsachen zu Hause; ich werde vernünftig vorgehen, habe schon den Rest aus der Schnapsflasche getrunken, um mich zu stärken. Um mich in diesem Zustand auf der Steinmauer hinter dem Haus wiederzufinden, in der Bastianstraße 7–9, über dem Garten kniend, bereit zum Sprung.

Und springe.

Das heißt – zuerst sehe ich noch mal in den nackten Himmel, aus dem diese teuflischen Sterne immer verschwinden, wenn man sie einzeln fixiert, und dazu brennen meine Schläfen und erzeugen einen Druck und eine Ungeduld, bis ich schließlich genug Willenskraft zum Springen aufbringe – aber es wird ein unglückliches Stürzen, ich hätte es sehen müssen. Ich knicke um, liege mit pochendem Knöchel im Garten und komme nicht mehr hoch; ein Brennen bis in den Oberschenkel. Und ich muss mich hinknien und die Zähne zusammenbeißen, während ich zur Seite krieche, während vor mir ein Licht entsteht: Das ist Ana.

Beziehungsweise, das ist natürlich nicht Ana, aber so ähnlich wird sie auch auf der Terrasse stehen, wenn wir erst so eine Wohnung mit so einer Terrasse haben, denke ich: als junge Mutter am Abend. Als leuchtende Mutter unter der Außenlampe rauchend.

Wobei mich diese Mutter hier zum Glück nicht sehen kann, ich befinde mich außerhalb des Lichtscheins, von wo aus ich sehr deutlich ihr helles Gesicht, ihre gesenkten Lider und ihre fast durchsichtigen roten Wimpern sehen kann.

Die mich ein kleines bisschen wütend machen.

Die mich nach einer Weile, ich erschrecke selbst darüber, richtiggehend hitzig werden lassen – aber warum muss sie auch so dastehen, warum muss sie sich so zärtlich die Arme reiben, als hätte sie eine unendlich kostbare, empfindliche Haut? Als wäre sie überhaupt ein ganz besonderes Wesen. Mit zarten, winzigen Sommersprossen überall?

Wahrscheinlich ja.

Wahrscheinlich wirklich an allen Stellen, denke ich, und zusätzlich noch Muttermale, die sie mit ihrem Mann untersucht, damit sie keinen Hautkrebs bekommt. Und dass der Mann sehr einfühlsam sein muss, ist eigentlich auch schon deutlich geworden, dass er dünne weiche Wollpullover trägt und trotzdem sehr kräftig ist und voller gutem Vaterblut.

Wie er da im Hintergrund entsteht. Als Bewegung im Schatten.

Während sie ihre Zigarette ausdrückt und in die Wohnung geht, zielstrebig; denn mit Unwirklichkeitsgefühlen kämpft sie nicht, so viel ist klar, sie stimmt mit sich überein, während die Außenlampe wieder ausgeht und ich mich erhebe.

Denn meine Schmerzen sind weg.

Und ich habe das befreiende Gefühl, meinen Körper nicht mehr richtig zu spüren, als befände ich mich ein kleines Stück über ihm. Ich kann jetzt aufstehen und langsam Richtung Terrassentür humpeln, mein Knöchel ist ein dumpfer Druck, nicht mehr, und vor mir bewegt sich einer meiner Finger und schiebt die Terrassentür auf.

Waschmittel und Schlaf. Ein kleines bisschen Schweiß. Familienaroma.

Dass ich mich also im Schlafzimmer befinde. Nehme ich an.

Und dass der Spalt hellen Lichts weiter vorne der Flur sein muss. Und dass die formlosen Widerstände in der Luft Wäscheständer sind. Ein dunkler Parcours, der hier extra für mich aufgestellt wurde – denn es scheint mir jetzt ganz angemessen, hier zu sein, es hat zumindest eine Folgerichtigkeit. Und wer weiß, vielleicht bin ich auf eine gewisse Weise sogar erwünscht? Vielleicht wünschen sich die Eltern so einen Zwischenfall sogar, auf eine sehr merkwürdige, unbewusste Art?

Links spüre ich die Patronen in der Jackentasche und rechts ein paar Schnapsflaschenscherben, ich blute am Daumen, egal. Wichtig ist jetzt, dass ich mich aufrecht bewege, weil es natürlich auch eine Frage der Körpersprache ist, weil es unnötig beängstigend wirken würde, wenn jemand das Licht anmachen und mich hier gekrümmt entdecken würde. Wer findet schon gerne jemand Gekrümmtes in seinem Schlafzimmer vor? Nein, dass ich die Wirbelsäule unbedingt durchstrecken sollte, denke ich und gehe so durch das Schlafzimmer und den Flur bis zu dem hellen, schwankenden Spalt, der jetzt zitternd vor mir zum Stehen kommt.

Die Dinge verschwimmen, egal, es fühlt sich gar nicht falsch an. Es sind eben die Wärme und die Perfektion, die mich kurz weinerlich werden lassen: Die Küche schwimmt in ihrem eigenen Licht. Eine Küche bei Nacht, deren Glitzern etwas Verbotenes an sich hat. Der Türspalt hat exakt die Breite meines Gesichts – und das Ganze ergibt ein Bild aus einem gleichzeitig vergangenen und künftigen Leben, ich erinnere mich: die Spülmaschine, der dreiäugige Strahler an der Decke. Dazu ein Vater und eine Mutter, die gegenwärtig noch sehr jung sind und entspannt zusammensitzen. Sie mit dem nackten Fuß auf dem Oberschenkel des Vaters und der Vater von unten mit der Hand in ihre Schlafanzughose fahrend, gefühlvoll ihre Wade streichelnd.

Während beide etwas ansehen, das sich außerhalb meines Blickfelds befindet.

Ich drücke die Tür noch ein bisschen weiter auf und begreife dann, dass da Klaviermusik läuft, eine leise, anfassende Klaviermusik. Die Eltern sehen sich ein Konzert in ihrem kleinen Küchenfernseher an, ein Open-Air-Konzert mit einem singenden Pianisten. Er spielt eine Ballade, zu der genau diese zarte Stimme gehört, die zwischendurch auch rau werden darf, die Stimme des stadionfüllenden Sängers.

Die ich mit einem Summen begleite.

Aber sie hören mich nicht, und ich denke, dass ich jetzt auch nicht einfach *reinplatzen* kann, das nicht, sie wirken grade so entspannt, es würde unnötig respektlos wirken – es ist besser, erst mal zu gucken, ob es möglich ist, sich mit ihrem Jungen anzufreunden.

Schon lustig. Dass meine Gedanken so klar sind und gleichzeitig so weit weg. Ich stelle mir vor, noch immer im Garten zu sitzen und meinen Geist von dort aus fernzusteuern. Aber es ist nicht so, ich bin im Flur und spüre das Brennen in meinem Knöchel wieder stärker.

Erahne etwas wie eine Garderobe und einen Schrank und frage mich, ob sich Geld darin befindet – oder in dem Medizinschränkchen dort vielleicht eine Schmerzsalbe? Für meinen Knöchel? Ob es in Ordnung wäre, sich mal kurz an dem Medizinschränkchen zu bedienen?

Das jetzt mit einem braven Klicken vor meinem Gesicht aufgeht. Etwas Licht kommt aus der Küche in den Flur, buntes Licht, zusammen mit einem schnelleren Lied, und es streicht über die Schlüssel, die hier hängen, eine ganze Menge Schlüssel. Der Ort für die Medizin ist offenbar ein anderer.

Aber auch das ist mit Sicherheit so vorgesehen in dieser Wohnung.

Ja, wahrscheinlich *muss* es Orte geben, die Außenstehende wie ich nicht kennen: Die grüne Teekanne der Großmutter ist im Bücherschrank zu finden, die Medizin möglicherweise in der Besenkammer; denn die Dinge der Familie haben natürlich ihre ganz eigenen Plätze eingenommen mit der Zeit. Sie sind angefasst und beseelt worden durch die Familie.

Sodass ich mit einem beinahe demütigen Gefühl ins nächste Zimmer weiterhumple – und es ist wieder das Schlafzimmer, dieser angenehm dumpfe Geruch, die kühle Aura nasser Wäsche im Dunkeln. Es ist alles so stimmig in diesen Räumen. Als ich meinen Weg zurück in den Flur finde, spendet der Sohn mir Licht, indem er die Badezimmertür grade hinter sich schließt. Und auch das, der nächtliche Ausflug des kleinen Jungen: wie stimmig und rhythmisch, wie sanft in seinem grünen Frotteeschlafanzug.

Geht da so klein und warm ins Klo.

Geht da ins helle Licht des Bades.

Das natürlich zu grell ist, nachdem man schon geschlafen hat. Ich kann das sonderbar intensiv mitfühlen, als wäre ich der Junge, als würde ich hier wohnen: Jetzt bin ich also noch mal wach geworden, mitten in der Nacht. Der späte Gang zur Toilette. Die Sauberkeit, das Summen im Kopf. Und etwas aus dem Traum, das einen hat wach werden lassen, etwas Bizarres, das aber seine Macht verliert. Denn alles ist ruhig. Niemand ist tot oder pervers. Mutter und Vater sind noch in der Küche, morgen ist Mittwoch oder Samstag, der nächste Tag eines weiterhin friedlichen Lebens. Hier: Der Bademantel ist wieder vom Haken gefallen. Und weit entfernt fährt ein Auto und bringt ein kleines Frösteln bei dem Gedanken an draußen, drinnen aber ist es warm, die Dinge des Lebens sind an den richtigen Stellen vorhanden. Jetzt: der gesunde Geruch des Stuhlgangs. Die gründliche Spülung. Dann eine Vorfreude in den Knien und den Beinen, ein richtiges Glück in den Gelenken, dass man sich gleich wieder hinlegen kann. Das Bett ist noch warm, der nächste Traum wird mit einem besonders schönen Gedanken begonnen: das Nachbarmädchen, der Sonnenausflug, die plötzliche Allmacht des Begabten, die wilde Wiese mit dem Klee, die Anteilnahme der Freunde – und die Tür geht auf, und neben dem Bett steht der Gekrümmte. In seinem Parka. Macht alles tot.

Das nicht.

Ich strecke lieber meine Finger aus und drücke die Wohnzimmertür nach innen – etwas hektisch jetzt, obwohl ich mich nur langsam bewegen kann – und bin im Dunkeln, während der Junge hinter mir den Flur durchquert. Denn es wäre wirklich nicht in Ordnung gewesen, ihn so zu erschrecken, nicht so und nicht jetzt – es hätte mir auch die Chance auf eine friedliche Einigung verspielt. Schließlich will ich es mir nicht grundsätzlich verscherzen mit den Eltern, schließlich will ich erst mal fair bleiben und einen Kompromiss anbieten: Mein Name ist Rupert, und ich komme zunächst als Freund. Versteht meine Lage, gebt mir etwas Geld, dann gehe ich wieder, und zwar in Frieden.

Aber als ich mich grade umdrehe, als ich grade zurückwill, um die Sache zu besprechen, sacken meine Beine weg, und ich komme überhaupt nicht mehr hoch.

Das Schmerzgefühl ist wieder da.

Es schießt mir in den Kopf.

Und ich muss mich auf den Bauch drehen und mit den Händen vorwärtsziehen, ich muss zum Sofa robben, weil meine Beine nicht mehr gehorchen.

Und ziehe das Sofa ein bisschen zu mir ran. Krieche langsam in den Winkel.

Denke in dieser Position, dass es wohl der einzig richtige Platz ist im Moment. Weil er ruhig ist und weil er vorläufig vollkommen zu mir passt. Mit den gebrauchten Taschentüchern und den Flusen.

Wo ich hingehöre.

Noch einmal höre ich die Stimme der Mutter, danach nichts mehr, weil die beiden wahrscheinlich ins Bett gegangen sind. Was traurig ist, denn jetzt sind sie endgültig nicht mehr zu erreichen. Andererseits wird es morgen einen neuen Tag geben, sage ich mir, ja, morgen werde ich dann umso klarer und aufgeräumter hinter dem Sofa vorkommen. Ich werde mich an den Frühstückstisch setzen und meine Situation erklären. Und vielleicht wird es so sein, dass die Zeit unmerklich vergeht, dass plötzlich schon zwei Wochen vergangen sind. Dass ich wieder und wieder Frühstück mache und Kaffee eingieße und dass die Mutter mich vielleicht noch mal irritiert ansieht für einen Moment, aber nach einer gewissen Zeit eben nicht mehr, weil es dann selbstverständlich geworden ist.

Ja, vielleicht werde ich einfach da sein und dazugehören, und die Zeit wird verfliegen, und Familiendinge werden erledigt werden. Gemeinsame Entrümplungsaktionen, das Sichten des alten Krempels, den keiner mehr braucht und der doch da sein muss als unsere Basis im Keller. Und vielleicht werde ich dabei schmunzeln und das eine oder andere wiedererkennen, weil es ja auch mein Leben ist, weil es aus meinem Leben stammt: orangestichige Polaroidfotos, das Plüschtier mit dem fehlenden Auge, das selbstgemachte Bilderbuch, kleine Dinge der Liebe. Und auch Ana sitzt morgens beim Frühstück, natürlich, schon immer eigentlich – wir waren immer hier, diese Küche gehört uns, wir waren immer die Eltern in dieser Familie. Ganz plötzlich ist sie wieder da, die Gewissheit: dass es tatsächlich *unser* Leben ist.

Ana kocht Kaffee und räumt die Einkäufe in den Kühlschrank, unser Sohn sitzt neben mir am Küchentisch und beißt sich auf die Zunge. Er macht Hausaufgaben. Der Fleißige. Der Kurze.

Und mein Name wird Norbert der Gemütliche sein.

Dachte ich am nächsten Morgen.

Denn auf der Namenstasse auf dem Frühstückstisch stand *Norbert* und auf der Namenstasse der Mutter *Susanne*, und ich humpelte durch die Küche und sah mir auch die anderen schönen Dinge an, die es hier gab: die Ernährungspyramide, das Drei-Etagen-Obstnetz, die abonnierte Wochenzeitschrift, auf der ich den Namen der Familie fand: Wagner.

Alles war ruhig.

Die Eltern mussten zur Arbeit gegangen sein und der Sohn in die Schule.

An der Wand neben der Küchentür gab es mit Bleistift gezeichnete Wachstumsmarkierungen, die mir besonders gefielen: Der Junge war jetzt 1,52 Meter groß, vorher war er 1,32 Meter, 1,18 Meter und 1,05 Meter groß gewesen – er wurde hier liebevoll hochgezogen wie eine Pflanze.

Und ich überlegte grade, ob ich meine eigene Größe mit einem Strich hinzufügen sollte – aber plötzlich fand ich mich vor dem verchromten Kühlschrank wieder und sah mein Gesicht nicht mehr.

Oder vielmehr: Ich sah eins, aber es konnte nicht meins sein, denn so konnte es nicht aussehen, dachte ich, nicht so bleich und nicht so geisterhaft.

Und was machst du hier, dachte ich.

Bist du wahnsinnig geworden.

Hau sofort ab, sie kommen jeden Moment nach Hause.

4

Plan B funktionierte dann besser.

Wobei es trotzdem erst mal eine Niederlage war, weil kein Cent dabei rausgekommen war; und die ganzen nächsten Wochen regnete es wieder, das Grau bewegte sich in Wellen hinter dem Fenster unseres Verstecks. Ana kicherte hinter mir, sie war wieder etwas beweglicher geworden. Saß aufrecht im Schlafsack und murmelte schon wieder etwas vom Weiterziehen, vom Trampen, vom Neujahrsfest in Teheran, zu dem wir rechtzeitig da sein könnten, wenn wir uns jetzt bald aufmachen würden.

Ich schwieg dazu.

Ich sagte mir, dass sie immer noch kränklich im Kopf war von der Grippe und froh sein konnte, dass sie in mir einen Beschützer hatte. Sie befand sich nun schon seit Tagen in einer verschnupften, labilen Fröhlichkeit – hielt sich die Hände vor die Augen und guckte zwischen ihren Fingern durch, nahm die Hände dann weg und legte sie wieder vor die Augen: alles da und alles verschwunden. Wie bei diesem Kleinkinderspiel, wenn das Kind noch glaubt, es wäre Gott und es gäbe nichts hinter den geschlossenen Augen.

Lescek sagte nichts.

Vielleicht, dass er irgendein Geräusch von sich gab,

aber als ich ihn ansah, widmete er sich sofort wieder seiner Jacke. Er war am Morgen gekommen, er hatte mich in der Stadt gesehen und war mir gefolgt, und jetzt saß er im Schneidersitz an der Wand und hatte seine Bomberjacke im Schoß, nähte die ganze Zeit daran herum. Merkwürdig schüchtern. Auch wie er nach seiner Pistole gefragt hatte, die ich ihm nicht gegeben hatte – und trotzdem schwieg er immer noch und verhielt sich passiv, mir gegenüber richtiggehend unterwürfig. Wenn Ana etwas sagte, sah er zuerst mich an, als müsste er meine Einwilligung haben, um ihr zu antworten.

Eigentlich müsste ich ihn hassen, dachte ich, aber so kleinlaut und verändert, wie er jetzt da saß, schien mir das Ganze in eine viel bessere Richtung zu laufen: neue Machtverhältnisse, die sich hier ergaben. Er duckte sich sogar unter meinen Blicken, schien das Ganze wiedergutmachen zu wollen.

«Sorgen», sagte er zu mir. «Ich hab Sorgen gehabt wegen der Pistole.»

«Interessiert mich jetzt nicht», sagte ich.

«Es tut mir alles leid! Nein, nicht wegen der Pistole! Wegen euch!»

Sein Gesicht war so grau, wie ich es kannte. Aber er hatte sich zum fünften Mal entschuldigt. Er schien ernsthaft nett sein zu wollen – oder zwang ihn etwas dazu, nett zu sein, weil er meine innere Autorität wahrnahm, meine neue, entschiedene Haltung?

Ich stand jedenfalls sehr fest in meinem Parka. War eigentlich selbst erschöpft, blieb aber straff.

Ana hatte gar nicht zugehört, sie schmierte sich ein Brot, aß und plauderte mit vollem Mund vor sich hin:

Lescek solle mal Magnesiumtabletten nehmen, weil seine Fingernägel so bläulich seien, das sei nicht gesund, er solle mal zum Arzt gehen deshalb, und seine Zähne sähen auch aus, als könnte mal wieder ein Zahnarzt ran. Sie sagte es schroff, als wollte sie klarmachen, dass sie nichts Besonderes mehr von ihm wollte, und es beruhigte mich, während mir langsam klar wurde, dass Lescek wohl tatsächlich *Freunde* suchte.

Ich roch es. Hatte eine Nase dafür.

Zum Zahnarzt könne er ja nicht, weil er keine Krankenversicherung habe, erklärte er. Aber das sei ihm eigentlich auch egal, weil er nämlich vor allem froh sei, uns wiederzusehen, weil wir die ersten netten Leute seien, die er getroffen habe in diesem Land. Und die ganze Zeit im Wohnwagen, erklärte er, habe er uns wie Geschwister empfunden, auch wenn er vielleicht wenig geredet habe – das sei alles sehr toll für ihn gewesen.

«Geschwisterliebe also», sagte ich. «So sah es aber nicht grade aus.»

Mein Blick lag sehr streng auf seinem Gesicht.

Auch Ana spürte es, ich spürte, dass sie es spürte – dass ich eine kräftige und überlegene Haltung produzierte. Indem ich mich vor Lescek hinstellte, indem ich auf eine gewisse Art aus meinem Parka herausnickte und ihm seine Pistole wiedergab.

«Mir ist es egal, ob er hierbleibt oder nicht», sagte Ana. «Du musst das entscheiden.»

«Es kommt ganz darauf an», sagte ich. «Ob er uns weiterhelfen will.»

5

Denn so konnte es funktionieren.

Er saß mir am nächsten Tag in der U-Bahn gegenüber und wirkte jünger als sonst, weil er sich rasiert hatte. Ich hatte mich auch ein bisschen zurechtgemacht und mir die Haare gekämmt: Wir wollten nicht unnötig auffallen in der Menge. Er selbst hatte den Vorschlag gemacht, es auf diese Art zu versuchen. Ich solle einfach mal abwarten und ihn machen lassen.

Was plauderte er jetzt?

Irgendwas Freundliches wieder: dass er immer das Gefühl habe abzuheben in diesen schnellen deutschen Bahnen, dass es ja eine ganz andere Technik sei als in anderen Ländern. Ich nickte nur knapp, ohne ihn anzusehen.

Die Rolltreppe schob uns in die künstliche Dämmerung einer Bahnhofshalle. Unverständliche Durchsagen schnarrten, Tauben blickten aus dem vollgeschissenen Metallgerüst herunter. Gegenüber gab es eine Reihe von kleinen Geschäften, aus denen rötliches Licht auf den Steinboden fiel; die Passanten traten Schneematsch breit und verschwanden in hallenden Tunneleingängen.

Lescek legte mir eine Hand auf die Schulter und schob mich in einen versteckten Winkel, hinter eine Plakatwand, auf der ein Weihnachtsmann eine Limonade anlächelte. Er gab mir das Holster mit der Browning wieder, er sagte, die würde ihn erst mal nur behindern. Er müsse sich jetzt frei bewegen.

«Warten!»

Ich setzte mich auf eine Holzpalette, während er zwischen den Passanten verschwand. Nach einer Weile kam ein dünner Penner mit nervösen, fliegenden Augen zu mir rüber und wirkte verärgert – vielleicht gehörte die Holzpalette ihm. Er setzte sich neben mich und begann, sich die Fingernägel zu schneiden und sie in einem Döschen zu sammeln, und dabei sah er mich missmutig an. Speichel hatte sich in seinen Mundwinkeln zusammengefaselt.

Ich ignorierte ihn, drehte mich weg und beobachtete Lescek. Er war vor einer der Kneipen zu sehen, verschwand wieder, tauchte fünfzig Meter weiter zwischen den Schließfächern noch mal auf, glitt beeindruckend körperlos zwischen den Leuten hindurch – stand plötzlich mit einer Stofftasche vor mir.

«Teilen!»

Es waren benutzte Taschentücher und eine offene Flasche Wein darin. Außerdem ein Brustbeutel mit Pferde-Motiv. Ich machte ihn auf, sah einen glatten, blauen 20-Euro-Schein, steckte ihn schnell ein und schaute mich um: Lescek war wieder weg.

Der Penner hatte sich zur Seite gedreht. Als wollte er mit seinem Körper wenigstens den kleinen Urin-Winkel abschotten, der ihm geblieben war.

Aber auf diese Weise könnte es wirklich funktionieren, dachte ich.

Lescek blitzte nur ab und an zwischen den Leuten auf, er schien der Beweglichste in der ganzen Halle zu sein, und dann kam er mit einer Plastiktüte, in der eine Jacke und ein iPod waren; er brachte eine Packung

Kippen und einen kleinen Lederbeutel, in dem sich zusammengerollt hundert Euro befanden, einfach so.

Und sagte wieder: «Teilen!»

Waren es die Wagners, die ich da zwischen den Passanten sah? Nein, es war eine andere Kleinfamilie, aber sie glich ihnen, und als ich die Augen zusammenkniff, meinte ich noch mehr Kleinfamilien wahrzunehmen, die den Wagners glichen. Sie kamen mit City-Rucksäcken und Kompaktregenschirmen aus den Tunneleingängen, die Kinder hatten Milchshakes mit Strohhalmen in den Händen. Und manche der Kleinfamilieneltern guckten ganz freundlich, aber diese Freundlichkeit galt nur ihnen selbst, ihren Kindern und Freunden, ihrer eigenen Kleinfamilienwelt.

Ich wusste es jetzt, und es musste auch so sein.

Wahrscheinlich war es genau das, was Frances mal gesagt hatte: dass die bürgerliche Kleinfamilie ignorante Menschen heranziehe, dass sie eine patriarchalische Zwangsgemeinschaft sei, in der alles Fremde ausgeschlossen werde. Nur dass mir alles daran gut und erstrebenswert schien. Sie waren immerhin Familien, sie *liebten* sich ganz offensichtlich, und schließlich konnte man nicht alle lieben, wer sollte ein so großes Herz besitzen. Manche sind eben draußen, dachte ich, aber dafür sind andere ja auch drinnen.

Als Lescek das vierte Mal kam, hatte er zwei Bierdosen dabei. Der Penner stellte sich dazu, und wir stießen an, als wären wir selbst eine kleine Familie.

Die Bahn ratterte wieder raus in den Tag. Es war noch nicht spät, aber draußen war es schon so dunkel, dass wir uns in den Scheiben spiegeln konnten. Ich stand neben Lescek und trug eine Stofftasche mit der gesammelten Beute über der Schulter; eine Fotokamera, zwei iPods und etwa vierhundert Euro waren es geworden. Wir wollten später teilen, das hatten wir abgemacht, obwohl ich inzwischen der Meinung war, dass er mir eigentlich alles überlassen könnte, wenn er sich wirklich einbringen und alles wiedergutmachen wollte.

«Gutes Team», sagte er.

«Jaja», sagte ich.

Ich rechnete aus, dass mein Anteil immerhin fast für eine erste Wohnungsmiete reichen würde. Lescek hielt sich an einer Schlaufe fest und lächelte halb, er versuchte immer noch, das Geplauder in Gang zu halten. Sein kleiner Surfbrett-Anhänger baumelte hin und her.

«Wollt ihr weiterreisen?», sagte er. «Wollt ihr weg?»

«Ich nicht», sagte ich. «Ich will eine Wohnung.»

«Ich auch. Wohnwagen ist viel zu kalt! Ich will auch eine Wohnung, ich will sparen und dann eine Wohnung finden!»

Der Fingernagelpenner war auch noch da. Er stand bei uns im Gang. Das Döschen mit seinen Fingernägeln trug er jetzt an einer Kette um den Hals, umfasste es mit einer Kralle wie ein Amulett.

Am zweiten Halt stiegen drei Männer in schwarzen Plastikjacken zu und setzten sich, und als die Bahn anfuhr, standen sie wieder auf und schoben sich ruppig nach vorne. Sie waren in Zivil, aber sie trugen ihre Uniformen deutlich im Gesicht.

Lescek zuckte zusammen, als hätte er einen Schlag in den Nacken bekommen, dabei hatten wir Tickets gekauft. Ich brauchte eine ganze Weile, um das Problem zu begreifen: sein nichtvorhandener Pass. Natürlich, es war so, wie Ana gesagt hatte. Und während ich die Tickets rausholte, bemühte ich mich, ruhig und unbeteiligt zu wirken, ich drehte mich vom Penner weg und lächelte die Kontrolleure an – sie standen vor uns und fragten nur mit den Augen nach den Tickets, kaugummikauend, schweigend. Aber der Penner drückte von hinten, er schob sich an Lescek und mich, als hätten wir sein Ticket in der Tasche.

«TICKET!», sagte einer der Kontrolleure zu ihm.

Und Lescek schob ihn weg, aber der Penner umklammerte ihn, er kicherte und zeigte mit dem Finger auf mich, er riss sich sein Döschen vom Hals und gestikulierte unsinnig herum.

«AUSWEISE! ALLE!»

Die Kontrolleure standen plötzlich im Halbkreis um uns herum.

Ich wusste nicht, ob sie so was durften und wie sie darauf kamen. Sie taten es einfach. Lescek suchte in seinen Jackentaschen, als gäbe es dort einen Ausweis zu finden.

«Warum denn Ausweise?», sagte ich. «Wollen Sie nicht erst mal unsere Tickets sehen? Dürfen Sie das überhaupt?»

Aber ich hatte meinen Ausweis sofort gezückt.

Ich lächelte, so gut es ging.

Und im nächsten Moment quietschte die Bahn, und die Türen gingen auf, und Lescek war draußen. Zwei von den Kontrolleuren rannten sofort hinterher, der dritte packte mich an der Jacke.

Ich riss mich los, rannte in Lesceks Richtung über eine matschige Wiese, quer durch einen dunklen Stadtpark. Ein Fahrrad schleuderte über einen Weg. Der Kontrolleur brüllte irgendwas. Vor mir: leuchtende Geschäfte, Passagen, ein Platz. Ich bog ab und schob die Leute zur Seite, wurde selbst hin und her geschubst und versteckte mich hinter einer Säule. Neben mir schlief ein Mann ohne Beine, Luftballons hingen an seinem Rollstuhl, Kinder schrien durcheinander – und ich drehte mich um und sah schon wieder das Gesicht des Kontrolleurs: Er schob sich durch die Menge, unerklärlich roh, als würde er einen persönlichen Feind verfolgen. Aber er bewegte sich von mir weg. Er bewegte sich in die Richtung, in die Lescek gelaufen war.

Ein Schneesturm braute sich zusammen. Ich brauchte Ewigkeiten, um zurück zu unserem Versteck in der Altstadt zu finden; Müdigkeit platzte in mir auf. Irgendwo leuchtete das wässrige U der U-Bahn, aber ich wollte nicht zurück ins Revier der Kontrolleure, ich humpelte lieber zu Fuß weiter, gegen den kalten Wind gestemmt.

Erfolgreich?

Sehr erfolgreich eigentlich. Erfolgreicher als gedacht, sagte ich mir. Ich hatte nicht nur das Holster mit der Pistole unter dem Parka, ich hatte auch immer noch den Stoffbeutel mit unserer Beute. Und warum sollte ich mir Sorgen um Lescek machen, wenn es doch am besten für mich wäre, ihn nie mehr zu sehen. Er ist schließlich kein Freund oder Familienmitglied oder so was, dachte ich.

Dann wurde ich zur Seite geweht, marschierte wieder vor, taumelte in den Sturm hinein und bemerkte die Anwesenheit des Fingernagelpenners hinter mir. Das heißt, ich ließ mich in meine Müdigkeit fallen, während ich so ging, und so kam mir die Anwesenheit des Fingernagelpenners als Gedanke in den Sinn, ein unkontrollierter, beginnender Traum. Und es ist wohl eher die Anwesenheit eines inneren Verfolgers, so erklärte ich es mir in diesem Traum – eine Anwesenheit, die ich aber gleich wieder wegträumen kann. Und indem ich mich konzentrierte und schneller ging, funktionierte es auch – ich war allein, ich lief vollkommen allein durch den Schnee, den Lichtern entgegen, mit halbgeschlossenen Augen.

Tote

1

Ich blinzle, schüttle den Kopf, aber es hilft nichts, ich bin wach, natürlich bin ich wach, wir gehen am Strand entlang, Abu, Robert und ich, im allerersten Morgennebel am Kaspischen Meer. Zu dem Friedhof, auf dem Anas Mutter liegt. Onkel Bizhan hat das Grab gefunden, beziehungsweise die Tote, wie er sich ausgedrückt hat mit seiner harten, trockenen Stimme, und eine der Tanten von der Orangenfarm konnte sich auch wieder an sie erinnern, als ich ihr das Foto gezeigt habe. Simin, natürlich, ihre Freundin aus der Schule. Die, die früher am Waldrand gewohnt hat und immer so aufgedreht gewesen ist. Sie sei vor etwa zwanzig Jahren nach Deutschland geflohen, zusammen mit ihrem Freund und ihrem Baby – aber ein paar Monate nach der Flucht sei sie alleine zurückgekommen, weil sie unterwegs Probleme gekriegt habe und von ihrer Familie getrennt worden sei. Anschließend habe sie dann alles versucht, um doch noch nach Deutschland zu kommen, sie habe mit neuen Schleusern Kontakt aufgenommen, aber ein paar Tage vor der zweiten Flucht sei sie an einer Blutvergiftung gestorben.

Ganz sicher, Simin – seit fast zwanzig Jahren tot. Und eine Widerstandskämpferin sei sie eigentlich auch nicht gewesen.

Die Wellen bewegen sich dumpf. Abu und Robert sind schwarze Silhouetten vor mir im Nebel. Abu hat sich schon hundertmal bei mir entschuldigt, als könnte er irgendwas dafür. Ich solle das Ganze nicht zu tragisch nehmen, sagt er, schließlich sage es noch gar nichts über Anas Aufenthaltsort aus – aber mir wird trotzdem einiges klar, wie wir hier gehen. Dass Ana immer Märchen erzählt hat über ihre Mutter, dass sie nie diese Briefe von ihr bekommen haben kann, von denen sie manchmal erzählt hat. Und dass ich wahrscheinlich auch an Märchen geglaubt habe, die ganzen letzten zwei Jahre, bis heute. Weil ich hier als Held in den Orient reise, um mein Mädchen zu beschützen, vor einer Gefahr, die es offensichtlich gar nicht gibt; weil ich geglaubt habe, dass ich mich hier auf einer bedeutsamen Schicksalsfahrt befinde. Während in Wahrheit alles unendlich zufällig und chaotisch vor mir liegt. Und während Ana und ich uns wahrscheinlich nie so nah waren, wie ich dachte.

Das Kaspische Meer: nur Disteln und fischiger Gestank. Müll zwischen den Felsen. Abu zeigt auf ein rostiges Tor in der Nähe des Strandes und nennt den Namen des Friedhofs, der sich auf Persisch bedeutsam und feierlich anhört, tatsächlich heißt es aber nur *Ort für Tote* – der Friedhof *Ort für Tote*.

Robert nimmt seinen Anglerhut ab, als wir ihn betreten. Wir sollten jetzt erst mal in Ruhe nachdenken, sagt er, schließlich habe uns der Derwischmann zwar verarscht, aber eben auch nicht komplett – immerhin stimme die Adresse ja mit der des Friedhofs überein. Er könne sich vorstellen, dass das irgendwas bedeute, dass wir hier trotzdem richtig seien in irgendeiner Weise.

Keine Blumen. Kein Trinkbrunnen oder Geräteschuppen, keine Wege zwischen den Gräbern, nichts. Einfach ein flacher, sandiger Hügel mit ein paar Steinen hier und da. Tote unter der Erde.

Andererseits auch wieder ehrlich, denke ich, ein Friedhof, der wenigstens nicht so tut, als gäbe es zum Thema Tod noch irgendwas Kluges zu denken.

Abu sagt, dieses Schmucklose habe mit dem Islam zu tun, die Totenruhe sei besonders heilig, deshalb gebe es keine Grabpflege und keinen Totenkult; die Leiche komme schnell und ohne Sarg in die Erde und werde dann mehr oder weniger in Ruhe gelassen.

Jedenfalls angebrachter als der buntblühende Friedhof, auf dem meine Mutter begraben wurde, denke ich. Vom Kaspischen Meer kommt ein zurückhaltender Geruch, Sand, Stein und Salz, rau und trocken.

«Hier», sagt Abu. «Das müsste es sein.»

Er sieht mich an, guckt dann schnell wieder zu Boden. Andächtig, als hätten wir Simin gekannt. Ich sehe nichts als ein paar Grasbüschel, einen schlichten runden Stein, unter dem eine Frau liegt, die laut Abus Mutter gerne Fußball gespielt hat und tatsächlich so lebendig gewesen sein muss wie Ana. Um jetzt genauso abwesend zu sein. Denn in Wahrheit *liegt* sie hier ja nicht mal mehr, wie man immer sagt, genauso wenig wie meine Mutter noch irgendwo liegt. *Hier hat sich der Rest von ihr aufgelöst*, so müsste es heißen.

Wobei mir, während wir so stehen, klar wird, dass ich doch eine ziemlich lebendige Vorstellung von Simin habe, dass ich sie so vor mir sehe, wie ich mir meine Mutter manchmal als junge Frau vorgestellt habe. Drahtig und eigensinnig, immer im Kampf mit ihren Eltern, von denen ich so gut wie gar nichts weiß. Nur dass sie ganz anders gewesen sein müssen, in einer völlig anderen Zeit, auch wenn sie noch gar nicht so lange her ist. Und dass meine Mutter damals auch stark gewesen sein muss, denke ich, stark und verletzlich zugleich, jung eben. Lange bevor sie mich geboren hat.

Der sich schließende Kreis. Das Gefühl, genau an diesem Punkt stehen zu müssen, um genau hier und jetzt Frieden mit meiner Mutter zu schließen. Der große Friedhofsmoment also.

Den ich in keiner Weise empfinde.

Weil wir uns eigentlich nie richtig kennengelernt haben und weil ich hier einfach nur auf einer beliebigen Erderhebung stehe, auf irgendeinem Häufchen Erde neben einer großen Wasseransammlung. Die sich jetzt auch noch unpassend golden einfärbt. Fast lächerlich. Dieser ganze Sonnenaufgang, der doch nichts ist als eine riesige optische Täuschung, irgendeine Strahlenstreuung, ein großes, falsches, märchenhaftes Leuchten. Weil die Sonne genau genommen ja noch nicht mal *aufgeht*, sondern wir hier seitlich *wegkippen* – als Erdball, der sich langsam dreht. Der uns auf eigentlich widerliche Weise in Richtung der Sonne kippen lässt.

Es sei aber so, dass man doch noch mal über alles nachdenken müsse, sagt Robert auf dem Rückweg. Denn letzten Endes ergebe immer alles einen Zusammenhang, und zwar wegen der *limbischen Struktur*, er habe da mal was drüber gelesen. In einem Buch über Schizophrenie. Es sei nämlich so, dass man ja gar nicht in der Lage sei, etwas Zufälliges wahrzunehmen – weil die limbische Struktur im Gehirn immer ein System in alles hineindenke, ob man wolle oder nicht. Allenfalls könne es vorkommen, dass man wahnsinnig werde und plötzlich anfange, *zu viel* in den Dingen zu erkennen, weil die limbische Struktur erkrankt sei. Das sei überhaupt die einzige Gefahr.

Er dreht sich halb zu uns um.

Die Arme hinter dem Rücken verschränkt, den Anglerhut mit den Händen knetend beim Reden.

Dass es nämlich auch die *limbische Struktur* sei, wo die Mystik sitze, mit der zumindest er ja sehr viel anfangen könne, da die Mystiker ja auch sagten, dass am Ende doch alles gleichmäßig sei oder so.

Er hält seine Sandalen in den Händen.

Steht da etwas hilflos im Versuch, etwas Positives zu sagen.

Und ich denke, dass er wohl noch etwas sagen wird, aber er bleibt einfach stumm so stehen – mit diesem Drei-Tage-Bart, der ihn viel älter wirken lässt. Der ihn aussehen lässt, als hätte er viele Reisen unternommen in den letzten Jahren, um in diesem Augenblick sehr welterfahren hier zu stehen.

Als Glaubensmann.

Als Globetrotter.

Während er tatsächlich für einen seltsamen Moment – was ich ihm gar nicht sagen will – aussieht, als könnte man eigentlich nur exakt so aussehen auf der Welt. Als sei es angesichts der Gesamtsituation eigentlich die einzig einleuchtende Antwort, *dieser* Robert hier zu sein. Ganz genau so.

2

Als wir die Orangenfarm wiedergefunden haben, ruft jemand nach uns. Es ist einer von Abus Cousins, er sitzt inmitten der Familie auf der Terrasse und winkt uns ran.

Frances' Stimme ist zu hören. Merkwürdig blechern in der Luft. Sie kommt aus kleinen Boxen, die links und rechts neben einem Laptop aufgebaut sind.

«Kommt sofort nach Hause», ruft sie. *«Ihr müsst sofort nach Hause kommen, hallo? Robert? Rupert?»*

Die Familie macht uns Platz, ich sehe: eine Skype-Verbindung nach Deutschland, ein Internetcafé. Frances und Omid, via Skype plötzlich im Orangengarten anwesend. Offensichtlich selber ziemlich desorientiert. Abu lächelt und sagt, er habe Omid seine Skype-Adresse gegeben, damit er und seine Familie endlich mal unsere Mutter sehen könnten. Er macht die Boxen lauter und richtet seine eigene Kamera aus, und seine ganze Familie lächelt und freut sich, während Frances und Omid das Ganze offenbar weniger witzig finden. Frances ist halb aus dem Bild gerutscht und guckt immer nach unten, sucht nach der Kamera, und Omid fuchtelt genervt neben ihr herum.

«Hallo nach Deutschland!», ruft Abu in den Computer.

Auch die anderen Familienmitglieder grüßen, auf Persisch und Englisch, und dann hat Frances plötzlich die Kamera gefunden und guckt ganz grade zu mir raus.

«RUPERT», sagt sie. «Ihr müsst SOFORT nach Hause!»

Dark Psy

1

Ana zählte das Geld, rollte sich wieder in ihren Schlafsack ein und lachte.

Ich wollte sie nicht durcheinanderbringen, deshalb hatte ich ihr erzählt, dass Lescek sich nach der Taschendieb-Aktion in der Bahnhofshalle plötzlich verabschiedet hätte, dass er einen Freund getroffen hätte und mit ihm weggefahren wäre und dass er mir die Beute einfach *geschenkt* hätte. Sie glaubte es. Darum lachte sie.

«Das kann man sich ja gar nicht vorstellen! Einfach GESCHENKT! Die Leute sind eben doch viel besser, als du immer denkst! Was machen wir mit dem Geld?»

«Das werden wir schon noch sehen.»

Ich verstaute es in meinem Rucksack. Ich wollte so schnell wie möglich eine Wohnung anmieten, aber ich wollte Ana erst einweihen, wenn ich alles eingefädelt hätte – sie war einfach noch nicht zurechnungsfähig, sie war einfach noch zu kränklich, um zu begreifen, was das Beste für uns war.

Am nächsten Morgen stand ich in der Telefonzelle, eine freundliche Wohnungsmaklerinnenstimme am Ohr. Die Wohnung lag im *Schneeweg 9* am anderen Ende der Stadt und wurde in der Annonce als ruhig und friedlich beschrieben – ich stellte mir ein nettes kleines Zuhause mit Balkon und Kinderzimmer vor, ein Zuhause, das eigentlich auch zu der hellen, mütterlichen Stimme der

Wohnungsmaklerin passte. Sie klang so nett, dass ich Lust hatte, länger mit ihr zu plaudern, so von Bürger zu Bürgerin, über das Wetter vielleicht, über die ewige Verspätung der Bahn, über die Bürgermeisterwahl, über die Verrohung der Jugend oder Ähnliches. Aber der Termin war schnell abgemacht, morgen um zwei, die Maklerin wünschte mir noch einen wunderschönen Tag und legte auf. Wahrscheinlich hatte sie angenommen, dass Ana und ich ein nettes Studentenpärchen waren, dass ich von einer anderen netten Wohnung aus anrief. Ich hatte ihr natürlich nicht gesagt, dass sie es mit Obdachlosen zu tun haben würde.

Auf dem Marktplatz kaufte ich zwei Namenstassen für Ana und mich, wobei es Ana nur als ANNA mit zwei N gab – aber ich sagte mir, dass man das eine N abknibbeln konnte, dass es dann ein schönes Geschenk sein würde.

Ich kam an einem Brunnen und an einer Kirche und an einer Grundschule vorbei, und der Himmel war hellblau mit ein paar leichten, schön hineinkomponierten Wolken, und auf einer Parkbank saß Anas Vater und hatte den Kopf in den Nacken gelegt.

Er war es wirklich, auch wenn er fast ein bisschen durchsichtig wirkte, wie ein Hologramm.

Sehr blass, sehr dünn und sehr unscheinbar, wie er da saß.

Aber es ist keine Erscheinung, dachte ich, sondern vielmehr eine Prüfung, ein Schicksalstest: Das Schicksal will eben testen, ob du auch wirklich solide werden kannst, ob du in deiner neuen Art schon verantwortungsvoll genug bist, um hier auf den Vater deiner Freundin zuzugehen.

Als Bürger und Lebensteilnehmer. Als verantwortlicher Dreidimensionaler.

2

Er nahm mich mit in das *Männerwohnheim Nicasius*, wo er inzwischen wohnte. Es lag in einem kleinen, noch dreckigeren Bezirk. Als wäre man innerhalb von zwanzig Minuten in einer ganz anderen Stadt angekommen, dachte ich, als wir im Gemeinschaftsraum saßen und aus dem Fenster guckten: Unverständliche Rufe und Flaschenklirren drangen von der Straße hoch, im leerstehenden Haus gegenüber schien eine Schlägerei oder so was im Gange zu sein, kurz sah mich ein junger, aus der Nase blutender Mann erschrocken aus dem Fenster heraus an. Eine glücklose Version meiner selbst, so kam es mir vor, jemand, der es nie mehr schaffen würde und das vielleicht grade in diesem Moment schlagartig begriff.

Der Gemeinschaftsraum war von einer schwachen, bläulichen Röhre beleuchtet. Es roch nach Grippe und alten, ungewaschenen Männern. Omid wich meinem Blick aus, er wirkte genervt, als hätte er mich lieber doch nicht mitgenommen – während ich ihn möglichst wohlwollend und warm anzugucken versuchte. Ich sagte mir, dass das einfach eine der Regeln war, die man als Einsteiger lernen musste: dass es ab einem gewissen Punkt eben *notwendig* war, zu manchen Leuten netter zu sein. Es funktionierte eben so, dass man Leute um sich versammelte, zu denen man sich freundlich verhielt, damit sie es umgekehrt auch tun würden. Eine logische Sache, man musste ja Bekannte und Freunde haben. Und jetzt hatte ich eben diesen Mann hier vor mir, Omid, auch wenn er vielleicht keiner war, den man sich aus einer größeren Auswahl unbedingt dafür ausgesucht hätte.

«Warum wohnst du denn nicht mehr im Betonhäuschen?», sagte ich.

«Verschimmelt», sagte er.

«Geht es dir hier gut?»

«Was interessiert DICH das eigentlich? DIR ist es doch egal! DU nimmst mir einfach meine Tochter weg! Was willst du überhaupt?»

Und er sah wieder verächtlich an mir vorbei. Weil ich ihm nicht verraten wollte, wo genau Ana war. Aber ich hatte ihm immerhin gesagt, dass es ihr gutgeht, dass ich sie von ihm grüßen und nächstes Mal mitbringen würde, dass sie grade mit der Renovierung der Wohnung beschäftigt sei, in die wir ziehen würden – was doch immerhin beruhigend klingen musste, auch wenn es nicht hundertprozentig stimmte.

Er zupfte sich am Ohr. Wirkte käsig und verstopft. Fing dann mit diesem etwas gruseligen Murmeln an, das nach und nach lauter wurde, mit diesem kratzigen Schimpfen, das in Wahrheit eine Anklage gegen mich war. Als wäre ich derjenige, der schuld war an seinem Leben.

Die Flucht Richtung Türkei ... beziehungsweise die Schleuser, die sich erst weigerten, ein Baby mitzunehmen ... sodass man erst mal Ewigkeiten in einer eiskalten Berghöhle festsaß ... bis Simin sich opferte und mit einem der Schleuser schlief, erklärte er mir.

Und das Schneegebirge, der eisige Wind, die Pferde, die rückwärts zu laufen schienen, was aber daran lag, dass Omid vollkommen kraftlos war und halluzinierte. Und Ana, die zwei Tage lang die Augen nicht mehr aufmachen wollte, sodass man sich schon nach einem Platz zum Beerdigen umsah, ehe man endlich die Grenze zur Türkei erreichte. Und wie Omid die Grenzsäule immer wieder anfassen musste, um sich zu überzeugen, dass es sie wirklich gab.

«Willst du das hören?», sagte er. «Soll ich dir DAS erzählen?»

Ich sagte nichts, er schien vergessen zu haben, dass er mir den Großteil schon mehrmals erzählt hatte – ich versuchte, mich an das Abenteuergefühl zu erinnern, das ich damals beim Zuhören empfunden hatte: wie sie mit dreißig Iranern in einem Lkw unterkamen, hinter einer Ladung von Teppichen versteckt, und wie es stank, weil jemand den Piss-Kanister umgeschmissen hatte. Und anschließend dieses winzige versteckte Zimmer in Istanbul, in dem Simin Platzangst bekam und Zärtlichkeiten von ihm hören wollte – während er nicht in der Lage war, irgendwas Zärtliches zu sagen, weil es so kalt war und weil der Schleuser mit dem Brot nur unregelmäßig kam. Und nach Ewigkeiten das Erscheinen des Oberschleusers in seinem Pelzmantel – und wie er Witze machte und Simin an die Brüste fasste und wie

Simin trotzdem freundlich lächelte, weil sie Brennholz haben wollte. Und wie der Oberschleuser dann wieder ging und sich fünf Wochen nicht zeigte, sodass Omid schon fast aufgegeben hatte, als sie plötzlich doch noch die neuen Pässe bekamen. Als sie plötzlich in den Istanbuler Straßen waren, im Flughafen, mit den Tickets. Er mit Ana im Arm und Simin hinter ihm. Und wie sie zwischen den Shops durchgingen mit ihren neuen Pässen und wie er jetzt Türke war und *Amir Rahbarsare* hieß, was ja witzig sei, was *ich* ja sicher witzig finden würde, obwohl es überhaupt nicht witzig gewesen sei.

Weil der Beamte an der Kontrolle über Simins Foto rieb und feststellte, dass es ausgetauscht war, und weil sie schrie, während er und Ana schon hinter der Kontrolle waren. Und weil Simin dann plötzlich wegrennen musste und er sie nie mehr wiedersehen konnte – und weil ihm seitdem alles sinnlos vorkam, weil sie nämlich vom Schicksal füreinander bestimmt gewesen waren, als Familie. Weil sie noch viel mehr Kinder zusammen kriegen wollten. Und weil ja nicht nur die Beamten an der Kontrolle Teufel waren, sondern alle anderen Menschen auch – weil sich nie einer für den anderen interessiere. Weil immer alle nur so tun würden. Im Grunde sei es nämlich so, dass die ganze Menschheit eine Masse von Blinden sei, das habe schon sein Vater immer gesagt – die alle gar nichts sehen könnten außer ihre eigenen Angelegenheiten. Wer würde schon freiwillig *die Augen aufmachen*? Ich doch sicher nicht, ich sogar ganz und gar nicht, ich sei ja eher daran interessiert, ihm die Tochter wegzunehmen.

Ich hatte ihm eigentlich die Namenstassen zeigen wollen, ließ es aber doch lieber sein.

Denn während ich ihn ansah, war ich mir plötzlich ganz sicher, die Gesamtsituation zu erfassen. Dass ich nämlich einen psychisch kranken Mann vor mir hatte, einen, mit dem man Mitleid haben musste. Ich fragte nicht mehr, aber es war ganz offensichtlich so, dass er die Tatsache verdrängte, dass Simin nichts mehr von ihm wissen wollte – dass sie einfach freiwillig im Iran zurückgeblieben war, weil sie gegen die Regierung kämpfen wollte, wie Ana gesagt hatte. Während er in Deutschland keinen Anschluss gefunden hatte. Ja, wahrscheinlich wusste er das selbst ganz genau und glaubte trotzdem an sein eigenes Märchen, weil es so einfacher für ihn war. Es war absurd, weil er genau das allen Menschen vorwarf, während er doch selbst der Blinde war. Aber meine Augen waren offen, ich hatte hier den hellen Blick.

Vielleicht, dachte ich, dass ich ihn zu einem Essen in unserer neuen Wohnung einladen sollte? Zu einem Familienessen, zusammen mit weiteren neuen Freunden und Bekannten vielleicht, ein Osteressen, bei dem ich ein verbindlicher Gastgeber sein würde? Ja, vielleicht würde mir bei so einem Essen von alleine der passende Kommentar zu seiner Geschichte einfallen, der jetzt nicht recht kommen wollte, an diesem runterziehenden Ort. Und als wäre der Ort noch nicht runterziehend genug, wurde auch noch ein Rollstuhlfahrer hereingeschoben, saß da plötzlich bei uns am Tisch und weinte allen Ernstes. Hatte seinen künstlichen Darmausgang im Schoß und weinte einfach stumm vor sich hin.

Ich sagte: «Omid, ich gehe jetzt, aber Ana und ich melden uns bei dir!»

Darauf antwortete er nicht. Zupfte sich nur am Ohr.

3

Ana erzählte ich davon nichts, ich wollte es erst tun, wenn wir in unserer Wohnung im Schneeweg angekommen sein würden.

An ihrem milden Blick meinte ich zu erkennen, dass sie innerlich schon länger ahnte, wohin unsere Reise gehen würde, dass sie guthieß, was ich für uns arrangierte, ohne es sich so ganz eingestehen zu wollen. Ich dachte: Alleine die Art, wie sie hin und her geht und noch einmal die Flecken an den Wänden ansieht. Ja, sie verabschiedet sich jetzt, in diesem Moment – vom lustigen bunten Tramperleben, von *diesem* Märchen, das wir hinter uns lassen können, weil wir klüger geworden sind. Klüger als Lydia und Lescek und Omid und Robert und Frances – klüger als alle, die sich einen Platz direkt *neben* der Realität gesichert hatten.

Als ich anfing, meine Sachen zu packen und kurz Lesceks Pistole aus dem Holster zog, schaute sie mich erschrocken an, aber ich nickte beruhigend, gab mit kleinen Gesten zu verstehen, dass ich alles unter Kontrolle hatte. Woraufhin auch sie mit kleinen, zustimmenden Gesten zu mir sprach, wenn ich das richtig sah.

Halbe Blicke, kaum merkliche Bewegungen, Nonverbales, Nuancen im Schatten.

4

Abends stiegen wir in einen Bus. Es war die Linie 28, die bis aufs Land rausfuhr. Ana hatte es vorgeschlagen, wir hatten eigentlich nur ein kleines Bier oder ein Glas Sekt trinken wollen mit unserem neuen Geld, aber inzwischen sah das hier nach einer fröhlichen Party aus, ein Partybus – jemand hatte geschrien und gelacht und auf den Bus gezeigt. Und wir stiegen mit einer ganzen Gruppe ein, weil die anderen auch schrien und lachten. Ich stellte mir vor, dass es so was Ähnliches wie unser gemeinsamer Junggesellenabschied werden würde, ein letztes Lautwerden, bevor wir uns in einen gesünderen und besseren Lebensrhythmus reinfühlen würden.

Was mir auffiel, war, dass die Leute alle ziemlich aufwendig zurechtgemacht waren: Es gab Seitenscheitel und Oberlippenbärte, dazu wurden zu große Brillen und bunte Skistiefel gezeigt. Die meisten schienen um die vierzig zu sein, kleideten sich aber jünger – viele sahen aus wie besonders eigensinnige Stars, die von einer Welttournee zurückgekommen waren. Andere wie Betrunkene, die sich als Fantasyfiguren verkleidet hatten. Manche schienen auch besonders jung, fast wie Kinder, aussehen zu wollen, mit Zöpfchen und Bärchenrucksäcken und Strümpfen – als ginge es um ein sexuelles Spiel mit vielen vereinbarten Zeichen. Ana baumelte an der Schlaufe, zwischen den schwankenden Körpern, mit einem nachdenklichen Gesicht.

Es war ein Stück außerhalb der Stadt, es gab Gesichter und Taschenlampen und Stimmen, und es kam mir vor, als wäre es eine eigene Spezies, die da den Berg hochzog. Als ich ein Exemplar neben mir fragte, wohin wir gingen, sagte es, dass das Ziel ein Event sei, dessen Namen es aber nicht wisse.

Die da vor mir geht, dachte ich, ist jedenfalls meine zukünftige Frau. Ich wollte sie früher oder später fragen. Eine Hochzeit war etwas Gesundes, das Klarheit bringt. Der Weg führte in Kreisen den Berg hinauf.

Ein kleiner Mensch in einem Müllmanndress tauchte zwischen uns auf, er leuchtete sich mit einer Taschenlampe ins Gesicht, und ich sah, dass er Katzenaugen-Kontaktlinsen trug. Er drückte Ana eine bauchige blaue Flasche in die Hand.

Unter dem Parka spürte ich das Holster mit der Browning. Ich überlegte, ob ich sie einem dieser Menschen verkaufen könnte, aber dann dachte ich, dass das ganz schwachsinnig wäre und dass ich sie später einfach wegschmeißen würde, irgendwo ins Dickicht, um sie nicht in mein neues Leben mitnehmen zu müssen.

Ana gab mir die Flasche. Den Katzenmann trieb es weiter. Ich merkte, dass wir in der Zwischenzeit nicht stehen geblieben waren – es war so, dass man von alleine ging, weil vorne und hinten gegangen wurde.

Den Berg kannte ich. Wir befanden uns nicht sehr weit von Frances' Haus. Ich hatte früher oft aus dem Fenster des Gästezimmers in den Nachthimmel gesehen, und von dort aus war das hier ein dunkelvioletter Schatten gewesen, ein von der Stadt violett angestrahlter Berg, auf dem ich Ruinen und Fledermäuse und Rätsel und Zauberer vermutet hatte.

Als wir oben ankamen, waren kleine, zwiebelförmige Autos mit Werbeaufschriften vorhanden. Es musste irgendwo eine Zufahrtsstraße geben. Große Boxen und Scheinwerfer waren rund um die steinige Fläche aufgebaut, auch einige Getränkestände; eine Plastikplane flatterte über uns. Seitlich waren Autoreifen als Sitzgelegenheiten arrangiert. Ich setzte mich und sah zu, wie Ana zwei Flaschen von dem Energiegetränk der Firma *Tohuwabohu* holen ging. Es gab sogar eine überdimensionale, hüpfburgähnliche *Tohuwabohu*-Flasche am Rand, in die von unten Luft hineingepustet wurde.

Sie ging vorgebeugt, in ihrem vertrauten, halb stürzenden und halb zögerlichen Gang, und ich dachte, dass es schön war, wie sie ging, und dass ich immer der einzige Mensch sein würde, der das sehen konnte. Die anderen Leute waren in Bewegung, sie fotografierten sich mit ihren Telefonen und gaben Gesänge in die Luft, die ganz ungewöhnlich klangen – zungenlos und nasal, als wollten sie sich singend gegenseitig erschrecken. Als ich merkte, dass bräunliche Pflanzenteile in der Flasche schwammen, aus der ich trank, stellte ich sie vorsichtshalber weg.

«Was ist das für eine Musik?», fragte ich.

«Fressgeräusche von Insekten», sagte ein junger Mann.

«Wie nennt man diese Musik?»
«Dark Psy.»

Die Leute tanzten in Zeitlupe oder eckig oder geduckt oder springend, und in ihren Augen war ein Erstaunen darüber zu sehen, dass sie sich so bewegten. Es sah aus, als wollten sie möglichst überraschend rotieren – und für Momente schienen sie sich tatsächlich zu überrumpeln und machten einige Drehungen, die sie wahrscheinlich selbst nicht vorausgesehen hatten. Sicher, dachte ich, gehörten sie eigentlich zur normalen Gemeinschaft der Menschen, sicher waren sie unter der Woche Bäcker, Lehrer, Bürgermeister, Kindergärtner. Ehemänner und Ehefrauen. Ich hoffte es, ich hoffte, dass sie alle zufrieden waren und einen festen Platz hatten in ihren Leben, dass sie nur manchmal, an Tagen wie diesem, so taten, als wären sie einsam und wahnsinnig.

Dann war es so, dass ich triumphierte. Ich tanzte. Und ich war glücklich damit, dass ich tanzte. Das Lied schien sehr lang zu sein, ungewöhnlich lang, aber es gefiel mir, weil es wie Ebbe und Flut klang und sich an- und abspannend in sich selbst zurückzog.

Auch die Dunkelheit, die mich umgab, war okay und sogar leicht angenehm. Der Weg, der jetzt vor mir war, führte entspannt bergab. Ich wusste nicht genau, wo ich war, aber ich empfand ein reines, starkes Jesus-Gefühl. Ich dachte, dass ich nun vielleicht in die Welt hinausging, um anderen in ihrer Verirrung ein Licht zu sein.

Es gab dort auch andere Menschen, die etwas Heiliges an sich hatten, vor allem zwei, zwei glatzköpfige Mädchen. Beide hielten sie Getränkedosen, und beide hatten sie Halsbänder mit langen Nieten, und sie sahen mich feurig und fordernd an, mit dem Blick derer, die es ernst und radikal meinen mit dem Leben. Erst nach einer ganzen Weile wurde mir bewusst, dass ich vor einem der zwiebelförmigen Autos stand. Die Mädchen waren dort auf die Motorhaube gesprayt, mit den silbernen Getränkedosen in den Händen, für die sie wohl warben. Ihre Augen waren aber voller Glut.

Ich schoss jetzt.

Etwas reizte mich plötzlich, ein paar Schüsse abzugeben.

Als ich die Augen aufmachte, sah ich, dass ich in den Waldsee geschossen hatte, in der Nähe der Lichtung, an der ich das erste Mal mit Ana geschlafen hatte. Es war taghell.

Ich lief durch die Sonne zu Frances' Haus. Es war sehr still, ich hörte nichts und sah keine Menschen. Aber etwas an der Art, wie die Terrassentür aufstand, sagte mir, dass meine Mutter da war. Es passte auch sehr gut. Ich wollte ihr die Pistole bringen, deshalb ging ich hier lang.

Ich fand sie im unteren Bad, in der Badewanne. Sie lächelte und goss sich aus einer Flasche Badezusatz in das rosafarbene Wasser. Ihre langen blonden Haare hatte sie zum Zopf gebunden, ihre schmalen Knie guckten aus dem Wasser. Ihr Gesicht wirkte friedlich.

Dass sie das mit den Pulsadern jetzt nämlich nicht mehr machen müsse, erklärte ich. Und ich lächelte, zusammen mit ihr, ich war sehr erleichtert. Sie sagte, dass es sehr nett und umsichtig von mir sei, die Pistole zu bringen, dass sie bisher wirklich nicht ausreichend darüber nachgedacht habe. Dann fragte sie, ob mich etwas irritiere. Sie habe das Gefühl, ich sähe sie nachdenklich an.

Es war dieser Verdacht. Meine Mutter, die jetzt blinzelte und mit einem Waschlappen ihre Knie abwusch, konnte nichts dafür – sie selbst konnte es nicht spüren, sie badete ja nur, ruhig, im duftenden Wasser. Aber was ich ahnte, war, dass alles hier aus Phantasie gemacht war. So, wie Knetgummifiguren aus Knetgummi sind.

Draußen saß ich auf dem Korbstuhl vor dem Haus und hatte eine Tasse Kaffee in den Händen, von der ich vermutete, dass sie mir eben von meiner Mutter gebracht worden war. Aber wo ich wirklich bin, dachte ich, kann ich von hier aus überhaupt nicht erahnen. Möglicherweise liege ich verdreckt und bewusstlos in irgendeinem Gebüsch, während Ana alleine ist, während sie von anderen angesprochen und manipuliert wird. Es war auch unmöglich zu sagen, ob ich überhaupt jemals zurückkommen konnte oder ob es für mich nur diesen sonnigen, falschen Ort gab. Ob ich nicht einfach hierhergehörte.

Dann fiel es mir wieder ein, nicht zu blinzeln. Ich sah in den leuchtenden Raps und blinzelte nicht. Die Rapsfelder verschwammen und wurden zu gelben Formen, und die gelben Formen wurden zu einer vielfarbigen Fläche, und ich dachte, dass dahinter etwas sichtbar werden sollte, aber da schien tatsächlich nichts zu sein. Weil es eben wirklich keine äußere Welt gibt, dachte ich, oder wenn doch, bin ich da zumindest nicht vorhanden. Ja, selbstverständlich war es das, dass es mich überhaupt immer nur hier gegeben hatte, dass ich gar nicht wirklich war. Es war ja logisch. Wie könnte ich auch sein, dachte ich.

Home

Ich bin ganz offensichtlich noch vorhanden. In Roberts Gartenlaube. In der drückenden Mittagshitze. Das ist der Gedanke, den ich habe, wenn ich mein Gesicht auf der Rückseite des Teelöffels entdecke – gerötet und verdutzt und etwas in die Breite gezogen – und wenn ich dann langsam den Löffel in den Becher stecke und den Fencheltee umrühre, den mir Frances vorhin gebracht hat: Ich bin hier ganz offensichtlich noch vorhanden mit meinem Fencheltee.

Nur für einen Moment hatte ich es vergessen.

Dann öffne und schließe ich die Augen, und auch die Dinge sind an ihrem Platz: der alte Schachtisch, den ich zum Schreibtisch umfunktioniert habe, die Gästematratze an der Wand, die Schreibmaschine direkt vor mir, die Frances mir geschenkt hat, ein altes Ding mit türkisfarbener Tastatur und dem angerosteten Schriftzug *Hermes 1000* an der Seite. Robert hat sie extra für mich geölt.

Es macht: plikplik. Plikplikplik. Plikplikplikplikplik. Plikplik. Meine Finger rutschen zwischendurch schwitzend ab, und ab und zu weht ein heißer Wind durch das fehlende Brett in der Tür, und ein paar Seiten flattern vom Tisch, aber das ändert nichts, das Ganze ist sowieso vollkommen durcheinander. Genau genommen tippe und sortiere ich ja hier schon seit fast einem Jahr und drifte dann doch hauptsächlich nur weg.

Roberts Anglerhut trage ich dazu als eine Art Krone auf dem Kopf.

Sein Gesicht erscheint zu jeder vollen Stunde vor dem Plexiglasfenster. Wir wissen dann beide, was wir zu tun haben, es ist ein kleines Ritual: Ich stehe auf und gehe gestikulierend im Kreis, oder ich bleibe plötzlich stehen und starre zu den Spinnennetzen hoch – er weiß dann, dass alles okay ist, dass ich noch etwas hierbleibe und dass er wieder reingehen kann, um Frances zu helfen oder seine Waschung zu zelebrieren.

Ich mache es ja auch absichtlich, ich höre mir selber zu, während ich leise rede, oder ich kratze mich am Kopf und tue so, als würde ich über meine Fingernägel erschrecken, die wieder viel zu lang geworden sind. Wer denkt hier eigentlich, und wer ist der Gedachte, denke ich dann.

Da – Frances hat die Glocke geläutet.

Das bedeutet: Mittagspause. Ruhe. Ich stehe auf und versuche, mich ein bisschen zu entspannen. Ich sehe mir die Postkarten an, die ich an die Wand neben das Plexiglasfenster gepinnt habe. Es sind inzwischen sieben oder acht, von Abu und seiner Familie, und sie zeigen schöne Teheran-Motive, sodass man eigentlich noch mal hinfliegen möchte.

Der hell illuminierte Basar bei Nacht, ein paar Moscheen und Palast-Motive, buntgeschmückte Wachen, die sehr harmlos aussehen und ein bisschen wie Blumensträuße, Postkarten eben – es sieht natürlich viel friedlicher aus, als es in Wirklichkeit ist. Aber Abu schreibt, es gehe ihm gut im Moment. Nassir Chan habe ihn vom Lager an die Kasse des Tuchladens befördert, unser Besuch habe ihn insgesamt motiviert. Er wolle jetzt Geld sparen, um es wirklich eines Tages ins Ausland zu schaffen. In der Zwischenzeit könnten wir ihn jederzeit wieder besuchen.

Ich habe allerdings zurückgeschrieben, dass das zumindest mir so bald nicht möglich sein wird. Weil ich hier mehr oder weniger, habe ich ihm geschrieben, an meiner *Hermes 1000* festgewachsen bin. Es liegt eben daran, dass es mir doch manchmal vorkommt, als würden sich die Dinge ordnen, als würden sich die Worte zu so was wie einer Geschichte verbinden.

Zu einem Sinn.

Sodass alles an seinen Platz rücken wird.

Passend dazu vertiefe ich mich in das *Abc der Parapsychologie*. Manchmal finden sich überraschend einleuchtende Ansätze darin:

Der Dachdecker Arthur H. aus London stellte 1887 fest, dass er in der Lage war, Kontakt zu seinem verstorbenen Vater herzustellen, indem er mit dem Zeigefinger über Eichenholzmaserungen fuhr, welche er zuvor mit Seifenlauge eingerieben hatte. Später wurde von → Schrenck-Notzing vorgeschlagen, dass es sich bei dem beschriebenen Vorgang auch um eine gewöhnliche → ektoplasmatische Teleportation nach → Beck gehandelt haben könnte.

Was ja in etwa mein Reden ist.

Zumindest dass Zusammenhänge hergestellt werden müssen, dass man das Chaos nicht einfach so hinnehmen kann und dass grade der Tod eingeordnet werden muss, leuchtet mir ein, habe ich Abu geschrieben. Warum nicht mit Hilfe von Seifenlauge und Eichenholzmaserungen? Vielleicht, habe ich Abu geschrieben, dass dieser Arthur H. im Holz ein bestimmtes Muster ertastet hat?

Da – Frances hat wieder die Glocke geläutet.

*

Was ich aber ablehne, ist Jogging.

Das hat mir Robert nämlich geraten: Ich solle nicht den ganzen Tag in der muffigen Laube sitzen und tippen, ich solle mich bewegen, um durch die körperliche Betätigung auch geistig fit zu bleiben. Er selbst läuft jetzt alle zwei Tage durch den Wald – was mir aber wirklich zu weit geht, vor allem bei der Hitze. Höchstens kommt es vor, dass ich mal ein paar Kniebeugen mache oder dass ich meinen Fencheltee im Stehen trinke und mir noch mal die Postkarten ansehe. Wobei ich zwangsläufig neben den schönen Teheran-Motiven auch die andere Postkarte sehe – die von Ana, die ich mir zur Warnung dazugehängt habe. Sie kommt aus Holland, an Frances geschickt, eine Windmühle und ein paar Tulpen unter einem hellblauen Himmel sind darauf zu sehen. *Veel Groeten uit Zwaag aan Zee.* Ich weiß dann, dass ich auf keinen Fall wieder wehleidig werden darf, dass ich mich nicht in Wunschträumen verlieren darf, die nur in der Wirrnis enden.

Es lässt sich eben nicht alles sortieren, sage ich mir. Wenn es nicht geht, muss man sich zur Disziplin aufrufen im eigenen Hirn.

Und wenn ich doch wieder ins Abrutschen gerate, sehe ich mir eben noch mal die Karte an, das hilft, zumindest ein bisschen: lieblose Windmühle, hässliche Tulpen. Denn *Zwaag aan Zee* ist natürlich nicht der Schicksalsort, an dem sich irgendwas hätte fügen können – eher ein Kaff in Nordholland, wo man am Strand liegt und kifft. Es ist in dem Maße wahr, in dem es lächerlich ist. Es reicht, wenn ich nachts darüber nachdenke, nicht auch noch am Tag.

Hey du! Ich hoffe, du bist mir nicht böse! Ich habe eine Straßentheatergruppe getroffen und bin spontan mit nach Holland gefahren. Ich konnte dich morgens nach der Party nicht finden, aber wir hatten uns ja eh nicht mehr so gut verstanden. Oder zumindest hatte ich dich leider nicht mehr so gut verstanden.

Hoffentlich geht es dir gut!! Bis irgendwann mal!!

Ana

*

Spiegelscherben, die aggressiv in den Büschen blinken. Geflatter von Vögeln, die sich von den Spiegelscherben nicht abhalten lassen. Im ganzen Garten herrscht eine stickige, inwendige Stimmung. Zwischen den Kräutern stecken Schildchen mit lateinischen Namen, *Delphinum consolida* und *Psilocybe cyanesdens*. Robert hat mit dem Bau einer zweiten Laube begonnen, in der die Kräuter getrocknet werden sollen. Anfang nächsten Jahres will er hier sein Natur-Hotel aufmachen, die Renovierungsarbeiten laufen.

Näher am Haus höre ich Klaviermusik, die mich ein bisschen beruhigt. Frances hat das Radiohören für sich entdeckt: meistens *Klassik Lounge* oder *Legenden der Klassik*.

Und ich kann dann mit dieser Begleitmusik irgendwo in den Büschen stehen bleiben und mir durch die Blätter die Pantomime auf der Terrasse ansehen: Robert sitzt dort seitlich im Korbstuhl und liest. Frances hängt Vogelknödel auf und sieht immer zu ihm rüber. Als würden sie miteinander reden, aber es gibt überhaupt keine Bewegungen der Münder. Robert sieht auf, aber jetzt guckt Frances plötzlich auf den Boden, hockt sich hin, um da etwas wegzukratzen, und er bewegt eine Hand in der Luft, als würde er eine Antwort formen.

Mutter und Sohn im Gespräch.

Während ich hier als Dauergast im Kräuterduft stehe.

Aber zumindest: als erwünschter Dauergast, das schon. Frances sieht mich inzwischen sogar an, hebt den Kopf, wenn ich vor der Veranda erscheine. Fordert mich zur Mithilfe beim Blumengießen auf. Dabei wollte ich nur nach einem neuen Farbband fragen.

Aber neuerdings wird man hier ja direkt einbezogen. Ich halte den Hocker fest, und sie steigt drauf, lässt Wasser aus dem langen Hals der Blechgießkanne in die Hängeblumentöpfe laufen. Ihre Beine, die ich dabei im Gesicht habe, sind knochig und warm unter der Leinenhose.

In die Blumen hinein erzählt sie, dass sie sich das mit dem Radio letztes Jahr während unserer Abwesenheit angewöhnt habe, es sei einfach viel zu leise gewesen, sie sei ja das erste Mal so ganz alleine gewesen im Haus.

Ihre Stimme: gewohnt trocken und streng. Es klingt wie ein Vorwurf, was sie sagt. Ich begreife immer erst nach einer Weile, dass sie eigentlich etwas Nettes sagen will. Und wie immer fällt mir keine Antwort ein, aber da winkt mich Robert auch schon in den Saal, die Ohrensessel müssen geleimt werden, und ich soll ihm helfen.

Er meint, dass Frances sicher etwas netter geworden sei und dass es aber vor allem so sei, dass ich auch freundlicher sei – hauptsächlich habe es nämlich an mir gelegen. Als ich frage, was das heißen soll, sagt er, er meine dieses Grunzen, dieses verächtliche Grunzen und dieses hasserfüllte Gesicht, das ich früher bei jedem Wort von ihr aufgesetzt hätte, weil ich ihr anscheinend die Schuld gegeben hätte am Tod meiner Mutter. Und dass sie deshalb oft so abweisend reagiert hat, weil sie mit so was nicht umgehen kann.

«Außerdem glaube ich, dass sie glaubt, dass du dir Vorwürfe machst wegen deiner Mutter und dass sie dir immer sagen will, dass du das nicht solltest.»

«Warum sagt sie es dann nicht?»

«Was weiß ich, ich denke ja nur, dass sie es denkt.»

Das Farbband vergesse ich dann. Ich muss noch mal hin und zurück. Vorbei am großen Komposthaufen, auf den ich Anas Kapuzenpullover geschmissen habe. Er muss inzwischen ganz unten liegen.

Das Labyrinth des Gartens verzweigt sich und wächst und quillt und stinkt.

*

Aber schließlich habe ich es, das Farbband, und ich schreibe: *Frances steigt in den Bus.* Denn das ist die Situation.

Sie steht an der Bushaltestelle, steigt ein und fährt freiwillig mit anderen Menschen zusammen Richtung Stadt. Und zwar nicht in ihren Leinenklamotten, sondern in einer schwarzen Stoffhose und einem weißen Hemd mit dezenten Rüschen an der Knopfleiste – Robert sagt, sie habe es mal in einem Dritte-Welt-Laden gekauft.

Ihr Gesichtsausdruck: normal.

Ihre Haltung gerade und ruhig.

Neben sich auf dem Sitz: zwei große Leinenbeutel voller abgepackter Teemischungen, von Holunder über Wiesenwolf bis zu Feuerblume, das Beste aus ihrem Garten – was man wahrscheinlich im ganzen Bus riechen kann. Und hinter dem Fenster ziehen die Felder und die immer dichter stehenden Häuser vorbei, und Mädchen in Miniröcken und Jungs mit Bierflaschen steigen zu und rufen irgendwas Versautes und essen billigen Döner – aber Frances bleibt gelassen, sie sitzt hinten auf dem Vierer und hat die Augen geschlossen.

Zieht vielleicht ihre Tasche ein wenig zu sich ran.

Fährt ans unangenehmere Ende der Stadt.

Und als sie aussteigt, befindet sie sich wirklich im Unangenehmen, denn da sind skrupellose Leute im Schatten, und wann immer sie sich umdreht, scheinen es mehr geworden zu sein. Funkeln da mit ihren Augen und Messern, flüstern aus den Ecken heraus und machen einem Angst. Und in der Zeitung konnte man lesen, dass sie morden und vergewaltigen, auch alte Frauen, dass sie überhaupt kein Mitleid haben.

Wobei sie aber insgesamt auch Opfer sind.

Denn das ist es, was Frances beim Abendbrot erklären will: dass sie dort gleichzeitig Täter und Opfer seien in diesem Teil der Stadt, Restposten unserer materialistischen Gesellschaft, das sei alles sehr kompliziert zu bewerten.

Robert und ich sagen nicht viel dazu.

Aber es ist wohl so, dass man sich Frances' Ausflug dementsprechend doch anders vorstellen muss: Frances nicht ängstlich, sondern bewusst und entschlossen in ihrem strahlend weißen Hemd – oder zumindest als selbstbewusste alte Frau, die genug Autorität ausstrahlt, um in diesen Straßen nicht angemacht zu werden. Dunkelgrau taucht das *Männerwohnheim Nicasius* vor ihr auf. Benannt nach dem Schutzheiligen der Blinden, sie kennt alle Schutzheiligen mit Bedeutung und Namen. Und wie immer hat sie ihre Spenden dabei, damit die Männer mal was Gesundes trinken können, Fenchel, Maiholz, Herzkraut, Melisse, auch Wegetritt und Katzenschwanz für schwache Herzen und alternde Knochen. Und wie immer geht sie noch mit Omid spazieren oder sitzt mit ihm im Gemeinschaftsraum und führt lange Gespräche, wenn sie schon mal da ist. Beim Abendbrot grüßt sie uns von ihm. Robert und ich sagen nicht viel dazu.

Sie sagt, er habe eine wirklich schlimme Geschichte erlebt mit seiner Flucht, und dass ihm jetzt auch noch seine Tochter abhaue und sich irgendwo in Holland rumtreibe, sei wirklich traurig – sogar mit mir habe sie ja etwas Mitleid deswegen. Es sei doch selbstverständlich, dass man sehr an seinem Kind hänge, vor allem wenn man alleinstehend sei wie er.

Dazu stellt sie den Topf mit der Graupensuppe auf den Tisch.

Und ich nehme Suppe und gehe davon aus, dass Omid ihr auch Fragen stellt, wenn sie so sitzen, dass Frances auch von sich erzählt im Gemeinschaftsraum und dass so ein paar schöne Stunden vergehen, während die Heimleiterin vielleicht den Tee aufbrüht – Kümmel für die Augen, Aderminze für die Lungen –, sodass auch die Gesichter der anderen Männer wieder Farbe kriegen. Und der Rollstuhlfahrer mit seinem künstlichen Darmausgang lacht vielleicht sogar glockenhell, ich weiß es nicht. Wenn Frances spätabends nach Hause kommt, ist sie eine gefühlvolle Frau; sie hat einen Heiratsantrag von Omid angenommen, und wir beglückwünschen sie dazu?

Das glücklicherweise nicht.

In Wirklichkeit bleibt sie höchstens zwei Stunden und ist am frühen Abend wieder hier, und sie redet auch nach wie vor nicht grade zu viel, hat immer noch ihr steinernes Gesicht – aber so ist es eben vorgesehen. Zumindest wäre sie wirklich eine andere Person, wenn sie nicht so wäre. Diese grundsätzliche Verweigerung – gegen die Welt und die Liebe und die Menschen und gegen alles, selbst dagegen, große Reden darüber zu schwingen. Sie kommt in die Küche und hackt ein paar Kräuter und schiebt sie nüchtern mit dem Messer in die Suppe, und dann stellt sie den Topf auf den Tisch, setzt sich und spricht ihr kurzes, furztrockenes Gebet. Und wird auf genau diese Art wahrscheinlich mindestens hundertzwanzig.

*

Denn im Nachhinein ist eben doch alles von Schicksal durchwoben, schreibe ich, *zumindest im Nachhinein wird man sagen müssen: Es musste exakt so kommen.* Zumal es eben doch das ganz große Märchen ist, in das ich mich hier reinsteigern möchte. Wenn auch vielleicht keine Liebesgeschichte.

Gestern zum Beispiel – da haben wir Hühner geschlachtet.

Frances hat in unserer Abwesenheit wieder zehn Stück gekauft.

Ich verlaufe mich grade im Garten, als sie plötzlich dasteht und mich dazuwinkt, und wie ich das sehe, erinnere ich mich an die Hühner von früher und dass ich das Schlachten immer mochte, weil es so etwas Machtvolles und Berauschendes hatte. Alles sieht auch noch genauso aus wie damals: das Gehege und der Baumstumpf hinter der Mauer, die Wäscheleine, an der die toten Körper aufgeknüpft werden. Frances füttert die Hühner gerade noch mal, hält den Eimer in der Rechten und wirft ihnen die Körner mit knappen Bewegungen hin, als wäre ihr die Geste der letzten Fütterung peinlich.

«Beil oder festhalten?», sagt sie.

«Beil», sage ich.

Denn das ist der bessere Job, ich erinnere mich – das Festhalten des kopflosen Körpers auf dem Baumstumpf ist viel unangenehmer: Die Hühner zappeln noch mal richtig, während sie sich das Blut aus dem Hals arbeiten. Ich nehme das Beil und übe schon mal in der Luft, während Frances die Hühner bringt. Sie trägt je zwei zum Baumstumpf, an den Füßen, damit sie ohnmächtig werden. Die anderen Hühner sollen nichts mitkriegen, deshalb ist die Mauer dazwischen, und die beiden Todeskandidaten selbst kriegen auch nichts mit, die haben jetzt das Blut im Kopf und träumen einen umgedrehten Traum, mit halbgeschlossenen Augen, so stelle ich mir das vor. Kaum dass sie dann auf dem Baumstumpf liegen und zur Besinnung kommen, fällt auch schon das Beil. Es geht butterweich – ich ziehe den Hals mit der Linken lang und lasse das Beil einfach fallen.

Der Schweiß an meiner Stirn ist kühl, die Körperwärme der Hühner liegt in der Luft. Mit nacktem Oberkörper warte ich auf weitere Hälse und bin ein verantwortlich arbeitender Töter – Konzentration und ab, Konzentration und ab.

Denn auch wenn es so leicht geht, ist es natürlich eine ernste Sache – die Hälse müssen unbedingt beim ersten Schlag durchgetrennt werden, man darf nicht zögern in der Bewegung, weil man dann schmerzhaft nachhacken muss. Ich entwickle dabei einen gewissen Ehrgeiz, ich bewege mich rhythmisch. Die Wiese verfärbt sich lila, das heiße Blut fließt über Frances' Hände. Sie sieht mir in die Augen, während sie die kopflosen Körper auf den Baumstumpf drückt.

Aber wie ich so dastehe zwischen den schwebenden Federn, wie ich so auf das nächste Huhn warte und mir die abgehackten Köpfe angucke, merke ich plötzlich, dass ich träume. Nicht wie manchmal tagsüber in der Laube oder nachts im Bett, es ist ein dunkleres und stärkeres Gefühl, das mit dem Anblick des Hühnerbluts zusammenzuhängen scheint. Mir ist plötzlich, als wäre meine Anwesenheit als Töter nur gedacht, mein ganzes bisheriges Leben, als würde eigentlich schon immer *Hühnerblut* in meinen Adern fließen. Ich bin nicht der Töter und warte auf das Huhn, ich bin das Huhn und warte auf den Töter. Ja, da entsteht zumindest in meiner Erinnerung ein Dasein als Huhn, ganz von alleine – da kann ich mich deutlich an ein großes Feld und an eine große Sonne erinnern; und es gibt auch eine Gemeinschaft an diesem grünen Ort, ich erinnere mich an diese pochende Lebensgier, die wir alle haben, und wie wir schreiend und flatternd durcheinanderlaufen. Und eines Tages werden wir hinter eine schattige Mauer getragen, und die Welt dreht sich um, aber das ist eben unmöglich, die dürfte es nämlich gar nicht geben, diese kalte Mauer, die will sich überhaupt nicht in die Geschichte fügen – deshalb ist auch das nur ein Traum. Deshalb muss es einer sein.

Und indem ich das denke, öffne und schließe ich die Augen, und auch die Augen an den toten Hühnerköpfen öffnen und schließen sich wie immer, ein letzter Reflex – aber diesmal sieht es aus, als wären sie tatsächlich im Zweifel, ungläubig, als könnten sie nicht mehr glauben, dass dieses Hühnerleben wahr gewesen sein soll.

Denn es war einfach zu klein. Mit diesen zufälligen Farben und Gerüchen.

Und als läge mein Kopf dort abgehackt im Gras, kann ich diesen Gedanken mitdenken, der mit einem kalten

Hindernis in der Kehle beginnt: Ach, wie schade, dass es doch nur ein Traum gewesen ist, eigentlich bin ich nie vorhanden gewesen, ich war gar kein Huhn.

Die blicklosen Augen bleiben offen.

Das Märchen geht los.

Ja, ich kann es nicht beschwören, aber für einen Moment ist sie da, die große Verbundenheit mit allen vorherigen Leben, eine noch viel größere Schicksalsgeschichte, die ich hier erlebe, eine noch viel größere Ordnung, in die ich mich hier reinbringen will. In diesem Fall kann mir ja auch keiner widersprechen.

Und ich habe das Bedürfnis, das letzte der zu schlachtenden Hühner zu verschonen – überrascht von dem Mitgefühl, das ich entwickle. Ich will es im Wald aussetzen. Ich stelle mir vor, dass es vielleicht ein kleines Leben als Waldhuhn führen könnte, dass es verwildern könnte, um irgendwann in der Morgensonne an Altersschwäche zu sterben. Ziemlich zerrupft und mitgenommen, aber frei.

Frances sagt, dass der Gedanke eher unsinnig sei, da es nicht lange überleben würde, aber wir könnten es von ihr aus tun. Und so nimmt sie das Huhn an den Beinen, und wir gehen den Trampelpfad hoch.

Vor uns liegt der Wald.

Sie wirkt etwas müde, guckt nicht grade feierlich, das fällt mir auf, und als sie das Huhn auf der ersten Lichtung absetzt, beginnt mein Gefühl eigentlich auch schon wieder runterzufahren. Ich höre ein Rascheln, ich spüre, dass es windiger und kühler wird, der Wald wirkt zunehmend bedrohlich – ziemlich wahrscheinlich, dass das Huhn die neugewonnene Freiheit gar nicht zu schätzen weiß. Dass es sie nur als gefährliche Abwesenheit von Gemeinschaft und Futter empfindet.

Dann allerdings fällt mir auf, dass die Alternative so oder so schlechter gewesen wäre, und ich sage zu dem Huhn: «Du musst es als Chance sehen, normalerweise wärst du schon tot.»

Aber damit kann es natürlich nichts anfangen, es zuckelt nur los, mit diesem typisch urdummen Hühnerausdruck. Zuckend und fanatisch. Ein Gackern scheint sich im Hals anzustauen, kommt aber nicht raus.

Und wir gehen zurück, und ich denke, dass es ein eher abstrakter Gedanke war, ja, doch – dass man ihn, wenn überhaupt, wohl in einem weiteren Sinne fassen müsste. Und dass man ihn, wenn man mit der richtigen Überzeugung daran glaubt, aber vielleicht doch wahr machen könnte. An einem blaueren Tag. Ja, dass der Gedanke möglicherweise an einem blaueren Tag, erkläre ich Frances, noch mal anders und stärker zu mir käme …

Sie versteht natürlich nicht, was ich meine. Sie redet inzwischen von der Hühnersuppe, die sie später kochen will, vom Wetter, das langsam ungemütlicher werde.

Aber natürlich kommt es nur darauf an, dass sie irgendetwas sagt, dass wir uns zumindest nicht mehr anschweigen wie früher. Das Dach müsse beispielsweise noch ausgebessert werden, erklärt sie mir, mit der Regenrinne sei es so, dass man sich die unter Umständen, gegen Herbst hin, noch mal ansehen sollte.

Und so versinkt die Sonne hinter dem Haus, als wir die Veranda erreichen – über den Herbst und über Regenrinnen redend. Robert ist schon drinnen und kniet vor dem Kamin. Er hat ein Feuer angemacht. Er pustet in die Glut.